世紀末の

世紀末のカーニバル

登場人物

長瀬タツ
ミツル・ナガセ
ヘジーナ・ナガセ
マリオ・ナガセ
早坂侑子
上村耕筰
謝花紘一
シーロ・アワゴン
イネス
吉井眞一

一幕

群馬県の小都市の家。

下手は玄関に続く廊下で、二階への階段が見える。正面中央の仏壇に赤茶けた写真。上手側の暖簾の奥は台所、風呂場に続く廊下。上手のガラス戸の先、木戸の向こうは空地らしい。

一場

一九八九（平成元）年、赤城おろしが吹き始めた季節。

中央の食卓で、派手な色のシャツを着たシーロが、CDカセットでボサ・ノーバを聞きながら採譜している。

一方、台所からはポルトガル語で言い争う声が聞こえている。

マリオの声　Estou perguntando se você tem vontade de voltar para o Brasil! Agora é verào, em San Pauro!（ブラジルに帰る気があるのかって言ってるんだ。今頃、サンパウロは夏だよ！）
タツの声　Você deve saber é difícil voltar agora!（今、帰るのは無理でしょう！）
マリオの声　Por isso, estou perguntando quando vamos voltar.（だから、いつ帰るんだって聞いているんだ。）
タツの声　Agüente mais um pouco.（もう少し、我慢しなさい。）
マリオの声　Nessa história de "mais um pouco", "mais um pouco", já se passam quase dois

anos.（もう少し、もう少しって、もうすぐ二年だ。）

そこへ、工場の制服姿のミツル、帰ってくる。

ミツル　シェゲイ！（ただ今）
シーロ　トゥドベン。（どうだった）
ミツル　トゥドウ。ああ、しんど。
シーロ　あれえ、ナガセさん。土曜日なのに、残業だったんですか。
ミツル　ああ、モーター七十個、今日中に納入しろってんでもう戦争。よりによってこんな日に。
シーロ　成田、何時でしたっけ。
ミツル　十二時五十五分着。
シーロ　（腕時計を見て）もう、四時ですよ。
ミツル　（暖簾の奥に）母ッチャ、ただ今。
タツの声　Você detesta tanto o Japão?（そんなに日本が嫌なのかい）
マリオの声　Claro que eu detesto. Os japoneses são bondosos? Não fale mentiras.（ああ、大嫌いさ。日本人は優しい？　嘘、言うな。）
ミツル　（ため息をついて）工場で戦争。うちに帰っても戦争か。
シーロ　永瀬さんが奥さんをブラジルから呼んだのは、帰る気がないからだって、マリオが。

ミツル　マリオは母親に会えて嬉しくないのかね。

マリオ、トーストとバターなどを持って出てくる。

マリオ　（ミツルを見て）Mas o que é que o senhor quer, pai?（父さんはどういうつもりなんです？）

ミツル　「お帰りなさい」はどうした。
マリオ　オカエリ。
ミツル　みんな一緒に住んでこそ、家族だろうが。
マリオ　ブラジレーイロ、ブラジル、イッショ、スム。
シーロ　マリオ。君の愛する祖国は、一七〇〇パーセントのインフレだよ。
ミツル　この春、リカルドの一家がサンパウロに帰ったろう。あっという間に家賃が上がって、バルを開くどこじゃないって。（二階に行く）
シーロ　百万円が一年で六万円になっちまうんだもんね。
マリオ　Quando voltamos?（いつ、帰れるんだ）
ミツル　もう少しの辛抱だよ。（二階に上がる）

そこへ、「マリオ、フェジョン、味見するが。シーロも」とタツ、台所から電気釜を持ってくる。

マリオ　（電気釜を指して）O que?
タツ　買ったんだよ、電気釜。
マリオ　ゲンキガマ？
シーロ　Panela elétrica.
マリオ　キノウ、ブツダン買いました。キョウ、ゲンキガマ買いました。明日、自転車買いましょう。
シーロ　元気釜で、おいしいご飯を食べて元気になりましょう。
マリオ　ツギ、テレビ買います。自動車買います。ブラジル、帰りません。
タツ　（皿に注いで）ブラジルさ戻っても何でもできるんだ、これで。
シーロ　（食べて）ボン！　タツおばさんのブラジル料理は絶品だ。
マリオ　祖母ちゃん、ピメンタ、トッテ。
タツ　ピメンタ？　ナンダカワカリマセン。
マリオ　ええ！
タツ　ここは日本でーす。おらだち、いづも言われた。ここはブラジルでーす。ポルトゲースしか通じません。
シーロ　ピメンタはコショーだろう。
マリオ　コショー？　ジテンシャ、コショーシタ。
シーロ　そんで、自転車屋と交渉した。

マリオ　（ブチ切れて）ジャポネーズ、ムズカシイ！
タツ　（大声で）ポルトゲース、むずかしかったよ。

沈黙。
ミツル、ズボンを履き替えて、シャツを持って降りてくる。

タツ　あれ、嫁さん来るんでオシャレが。
シーロ　二年ぶりですもんね。
マリオ　Mamãe. なぜ、ニホン、クル。
ミツル　母さんがこの二年、どんな寂しい思いばしてたか、わからんのか。
タツ　ああ。ペドロんとこなんか、せっせとカミサンに仕送りしてたら、男、作っちまって……。間
　男の酒代のために働くのはごめんだって仕送りば、やめたんだ。（豪快に笑う）
シーロ　お父からの手紙じゃあ、トメ・アスーのコショウは値崩れしてもうダメだって。
ミツル　阿波根さんとこもだめか。おらだちゃトメ・アスーから祖母ちゃん呼んでサンパウロで一緒
　に暮らそうって。その資金を作るために、出稼ぎに来てるのになあ。
シーロ　サンパウロの失業者、百万人を超えてるってさ。
マリオ　シツギョウ？
シーロ　Desempregado.

マリオ　（皮肉に）デカセーギ！　O Japão é uma droga!（日本なんて最低だ！）
ミツル　日本のどこが気にくわないんだ。
マリオ　シンカンセン、タカーイ。ビールは、ウスーイ。肉がタカーイ。シゴト、キツーイ。ジシン、コワーイ。カゼガ、ツメターイ。
シーロ　上州名物はぁ、かかあ天下と空っ風と来たもんだ。
マリオ　カカアデンカ？
シーロ　かかあってのは、オバタリアンのことさ。
タツ　阿波根シーロは、日本語、どんどんうまくなるね。
マリオ　だって、こいつは二世。（タツを指して）イチ、（シーロを指して）ニ、（自分を指して）サンセイ。（もう一度、順に指して）日本人、日系人、ブラジル人。
シーロ　ブラジル帰るの（タツを指して）反対。（自分を指して）反対。マリオは三世。
ミツル　ばっちゃは、和食が食えないおめのためにフェジョン作ってくれたんだろう。
マリオ　（顔をゆがめて）サシミ、アジガナイ。ナットウ、クサーイ。カツドン、アマーイ。（パンにミルクを垂らす）
タツ　アマーイの嫌だったら、パンにコンデンスミルクなんてやめへ。胸、悪ぐなる。甘いで思い出した。マリオ、じっちゃのぼだ餅は？
マリオ　Ah, é mesmo.（ア、ソウソウ）（取りに二階に行く）
ミツル　朝から晩までブツブツブツ。

タツ　ブラジルの暮らししか知らないマリオには辛かびょん。……わいんどだって、ブラジルに着いた最初の頃は心細かったさ。
ミツル　んだ。ポルトゲースはわがんね。食い物は口に合わね。
タツ　フェジョンのニンニクとタマネギが辛かったさ。
ミツル　そのお孫さんは、チャーハンに水ばぶって、オリーブのっけてお茶漬けだからなあ。
シーロ　ミツルさん、幾つの時、日本、出たの。
タツ　十七になってた。よぐ働いたよ。アマゾンの奥地《おぐず》の大木ば切り倒して焼いで……。

マリオ、戻ってきて「アマーイ、ボタモチ」と包みを渡す。

タツ　オンブリガーダ。（仏壇にぼた餅を持っていく）
ミツル　（マリオに）原始林を切り開いても、収穫できるのは半年後だったんだぞ。おめんは、工場に働きに来てその日から給料、もらってる。
タツ　じっちゃ。大好物のぼた餅ば、孫のマリオが買って来てぐれましたよ。（チーン）三郎《さんぶろう》さん。小豆のぼた餅ですよ。

そこへ、ガラガラと玄関の戸が開いた。

ミツル　着いたか！（年甲斐もなく）ヘジーナ！

極彩色の衣装を着て、風呂敷に包んだ骨壺を持ったヘジーナ。

ヘジーナ　ミツル！（ドカドカと歩く）
タツ　サパート、サパート。こら、こら、靴を脱いで。
マリオ　ママ、靴を脱いで。
ヘジーナ　（ハイヒールを飛ばして）ミツル！
ミツル　ヘジーナ！

二人抱き合いポルトゲースと日本語で、叫びあう。

ヘジーナ　Estava com saudades!（会いたかった！）ボニート。
ミツル　ヘジーナ、今日の君はとっても綺麗だよ。ガッティーニヤ！
タツ　疲れたべえ。
ヘジーナ　Mamãe, a senhora parece estar bem.（お母さん、お元気そうで）
タツ　トゥドッベン！　元気、元気。
吉井　（へんてこな荷物を持って）いやあ、高速が混んでてね。

ミツル　これはどうも。
ヘジーナ　ご苦労さん。荷物、そこに置いといて。
タツ　社長さん、すみませんねえ。
吉井　ちょうど、ブラジルに帰る社員がおったからね。
ヘジーナ　あら、この人、社長さん。
ミツル　おらとマリオが勤めている吉井電機の社長さんだよ。（吉井に）ごめんなさい。
ヘジーナ　てっきり運転手さんかと思って。ハハハハ。（見回して）なんだか、汚い家だね。
ミツル　この家も吉井社長からお借りしてるんだ。
ヘジーナ　ええ！　ペルドン。ハハハハ。マリオ、元気にしてた？
マリオ　（吐き捨てるように）デカセーギ！　ジャポンに（指を二本）dois anos. Dois anos!　仕事きつい、汚い、つまらない。
ヘジーナ　マリオ、社長さんの前で。
マリオ　ママイにはわからないよ。
ミツル　ママイが来た早々喧嘩でもないだろう。
吉井　マリオ、スーツケース、まだ三つ……　トレース。
マリオ　Entendi.（わかった。）（出ていく）
ヘジーナ　シーロ、お父さんがたまには手紙寄越せってさ。
シーロ　へーい。（マリオを追って出ていく）

タツ　二年、あっという間だったねえ。
ヘジーナ　私には長かった。（タツに）はい。お母さん、これおじっちゃの……。（と風呂敷を渡す）
タツ　（骨壺に）おかえりなさい。じっちゃ、三郎《さんぶろう》さん。日本に帰り着きましたよ。
吉井　お祖父さん、いつ亡くなられたの。
ミツル　四年前に、ペルーからアマゾン伝ってコレラが入ってきましてね。病院に運び込んだんですが、抵抗力がなくて……。
タツ　仕方ねえさ。満州開拓で骨身をけずって、戦争が終わってシベリア送りになってラーゲリで十年だもの。
ミツル　十字架ば卒塔婆にして法名ば、書いてさ。
タツ　お線香とロウソク、お経とアンベ・マリアがまじぇこぜだった。（チーン）
ヘジーナ　Mae. 約束の物、持ってきたよ。（包みを開ける）
タツ　約束……。何だっけ。
ヘジーナ　O machado que o vovô usou.（お祖父ちゃんの鍬。）
ミツル　鍬を、飛行機に積んできたのか。

タツが荷物を開けると鍬が出てきた。

吉井　こんな鍬なら、どこでも売ってるがね。

タツ　この世に一つしかねえ鍬だ！
ミツル　親爺がこいつで掘り起こしたピメンタ農園のお陰でおらだちゃ生き延びてきたんだ。
タツ　（柄を頬にすりつけて）じっちゃの汗と涙が染みづいとる。

謝花が「お着きになりましたか」と入ってくる。
スーツケースをマリオとシーロが持ってくる。

ミツル　ヘジーナ。こちら、ブラジル人に仕事を紹介してくださる謝花さん。斡旋会社……Entendi. Muito prazer.
ヘジーナ　ああそう。よろしくね。
謝花　ベビンタ（よろしく）。仕事の打ち合わせは、明日、病院でしましょう。
ヘジーナ　しましょう。
謝花　Você deve estar cansada.（お疲れでしょう。）
ヘジーナ　サンパウロからロスアンジェルスまで十時間、そこでトランジットして二時間、成田まで二十四時間。
タツ　じっちゃと満と三人で、神戸からブラジルまでアルゼンチナ丸で四十日。パナマ運河、超えてさ。（台所へ）
ヘジーナ　飛行機、なかったんだ。（仏壇に行く）

ヘジーナ、おりんをチーンと鳴らす。

タツ　（買い物かごを持って）じっちゃ、いづもしゃべってた。「ブラジルの土になりたくねえ」って。

シーロ　お買い物ですか。

タツ　ヘジーナにブラジルのサラダば、作ってやろうと思ってさ。マリオ、一緒に行っておくれ。

マリオ　ニーニオエ、コントロ。（待ち合わせがあるんだ。）

シーロ　マリオは、デートです。僕が行きますよ。

吉井　（封筒を出してタツに）これ、来月の食費。一人分、増やしてあるから。

タツ　（受け取って）ありがとうございます。

タツとシーロ、マリオ出て行く。

ミツル　祖父さんが逝って、胸に穴がぽっかりあいちまったようだって。四十年以上連れ添ったおしどり夫婦だからな。……疲れたろう。

ヘジーナ　あんたの顔見たら、ふっとんだ。（接吻する）Mas o Japão é frio, né?（日本は寒いね。）

ミツル　明日、コート買いに行こう。シャワー、浴びなさい。（指して）今、バスタオルを持ってくるから。

ヘジーナ　Obrigada!（わかった！）（スーツケースを持っていく）

ミツル、二階に上がる。

吉井　（椅子に座って）どうだった、雇用促進協議会は？

謝花　親会社は部品単価の値下げをしないと国際競争力で負けるという。しかし、これ以上の経費削減は無理だ。（書類を渡す）

吉井　こんところの円高で、大手企業は生産拠点をアジアに移しだしとるがね。だが、わしら小企業にゃさ、工場を外国に移転するなんて資金があるわけじゃない。

謝花　仕事はあるのに、人手不足で黒字倒産する企業も出ているくらいだ。

吉井　ところが、日本の若者は、キツイ、汚い、危険の３Ｋ仕事は嫌だって敬遠する。

謝花　だからブラジルの日系人なしでは、やってけない。

ミツル、バスタオルを持って降りてくる。

ヘジーナ　（暖簾から顔を出して）ミツル！　ミツル！

ミツル　（小声で）なんだ。

ヘジーナ　（にっこり笑って囁く）Vamos entrar juntos no chuveiro.（シャワー、一緒に入ろう。）

謝花　経営者としては、日系人が単身で日本に来てくれたほうがアパートの問題にしろ、経費が少なくてすむ。しかし、独りぼっちで異国に住むのは辛い。一年もするとだんだんすさんでくる。

吉井　夜の十一時になるとさ、国際電話のかけられる公衆電話に長い行列だ。

謝花　月に国際電話代が十万かかっている奴もいる。電話代、二か月分で飛行機に乗れちまう。

吉井　それに、電話じゃ、できないこともある。

ヘジーナ、ミツルを暖簾の中に引っ張り込もうとする。
ミツルは、二人を指して、抵抗する。

謝花　だから、経費がかかっても家族を呼び寄せたほうがいい。（書類を見せて）県議会にも働きかける。

吉井　（読む）「外国人労働者を安定的に確保するためには、外国人に住みよい町を作ること」

謝花　まずは、住居の確保だよ。ブラジル人だと聞きゃあ、不動産屋で門前払いだからなあ。

吉井　だから、わしはこの食堂付きの社員寮を三家族に提供してるんだがね。

浴室から、ヘジーナの笑い声が聞こえる。

謝花　（小声で）あの二人、わしらが気づいてないと思ってるのかね。

吉井　成田から、車ん中ではしゃぎまくりなんさ。
謝花　南国の太陽の下で育つとああなるんだよ。
吉井　二世、三世は、ありゃもう日本人じゃないね。
謝花　あけっぴろげと言えば聞こえはいいが、人前でキスはする。夜遅くまででかい音でステレオはかける。

ヘジーナがミツルの手を引き、そっと出てきて、彼らの後ろを回って忍び足で、二階へ上がっていく。

謝花　（突然、大声で）美空ひばり、残念だったなあ。まだ、五十二なのになあ。
吉井　ああ、昭和から平成に変わった今年に、日本も変わらなきゃあなんねえ。
謝花　そう。明治維新に次ぐ第二の開国だ。外国人労働者に門戸開放しなきゃあ。
吉井　だが、竹下さんじゃあね。……中曽根先生や福田先生は偉かったいねえ。
謝花　（階段を見て）日本人の顔したブラジル人。

イネスが「ただ今ぁ。Cheguei!」と入ってくるので言いとどまる。

イネス　（謝花に）あ、コンチワ。ミツルの奥さん、着いたんだんべ？
謝花　ヘジーナさん、着いたけど……。

イネス　（玄関を指して）表で変な奴がこの家をジロジロ見とる。
吉井　パキスタン人だんべ。見てくる。（出ていく）
イネス　ジャポネースさ。（二階に上がろうとする）
謝花　（あわてて）イネスさん。ブラジルのご家族はお元気ですか。
イネス　電話代が高いし、もう四か月も子供たちの声、聞いてねえんさ。
謝花　さびしいね。
イネス　おらの亭主はイタリア系だから。ああ、しんど。（と、座る）
謝花　吉井さんとこでいくらもらっているんだっけかなあ
イネス　時給千百円だから、基本給が十八万、残業入れて二十四万だ。
謝花　社会学の先生が肉体労働だもんねえ……。
イネス　でも、サンパウロ大学の助教授じゃあ、七十万クルゼーロがやっとだいね。
謝花　……月、三万円にもなんないか。ねえ、通訳の仕事をしてみないか。
イネス　ブラジル人とのトラブルの処理かいね
謝花　日系人が増えてるんで、この町にもポルトゲースのわかる人間が必要になってね。どうだろう、わしらの雇用促進協議会に勤めてもらえんかね。月、三十万は出せるよ。
イネス　そりゃぁ、いいね。
謝花　あんたの群馬弁は地元の人と心が通じるし……。
イネス　渋川の百姓だった父親に感謝だいね。がんばんべ。

吉井　（戻ってきて）誰もいないがね。ヘジーナさんの歓迎会には来っから。
イネス　はい。
謝花　じゃ、吉井さんにはあとで話とくから。
イネス　よろしくお願いします。

イネス、吉井と謝花、そそくさと出ていく。
「ヘジーナ」と台所を覗く。二階から、ボサノバが聞こえてくる。二階に上がりかけたところで、上手のガラス戸が開く。
きちっとした背広にアタッシュケース、肩掛けの携帯電話を持った上村耕筰が覗く。

イネス　ああ！　誰だ、あんたは。
耕筰　築三十年。国宝級でございますな。……アンダも出稼ぎだか？
イネス　ええ……。
耕筰　こごらの工場ではだらいてんのか。（上がり込んで、部屋の中をジロジロ見る）
イネス　どなたです？
耕筰　あんだ、もしかして満の娘。
イネス　いいえ。ミツルさん一家と一緒に住んでるんだ。ミツルさんの奥さん、今日着いたんだ。
耕筰　満は女房まで呼んだか。ブラジルで食い詰めて、一家総出で出稼ぎね。

イネス　ミツルさんの知り合いだいね。
耕筰　さあ、誰でしょう。（仏壇の写真を見て）ああ、永瀬三郎さんだな。お亡ぐなりになったんだ。
イネス　永瀬のじっちゃんも知ってるんかい？
耕筰　（なめ回すように見て）ねえちゃん。工場で働いても二十万チョボチョボだべ。あんだみたいなべっぴんだば、五倍は稼げるんだけどな。
イネス　……。
耕筰　どうだい、いいどご、紹介《しょうかい》してけるか。
イネス　結構だよ。
耕筰　なにも、体、売れって言ってねんだ。銀座あだりの店だば、土地成金がホステスに十万、チップわたすんだよ。
イネス　永瀬さん、お留守のようだから、帰んなさい。
耕筰　（小声で）おめんどこそブラジルさ、帰ったらどんだ。
イネス　……。
耕筰　食い物のせいだべな。日系人のおなごの体は日本人どちがって……ねえ、プリンプリンだ。
イネス　大きい声、出すよ。

　イネス、鞄を蹴る。
その時、耕筰の携帯電話が鳴るので飛び退く。

耕作　はい。上村です。……ああ課長。（気弱に）はい。今は例の大崎駅西口の築四十年のアパートの持ち主、口説いてるんですがね。お祖父ちゃんの遺したものは手放せないって、まあ、粘ること。

イネス、不思議そうに電話を見る。

耕作　はい。わかりました。八時までには戻ります。（電話を切る）これ、今年の六月に新発売。人工衛星さ使った電話、ブラジルにゃねえだべな。
イネス　……。
耕作　（イネスに）どうだい、ブラジルの親戚に電話してみっか。
イネス　（首を振る）
耕作　（時計を見て）六時だから、向こうは朝か。親爺がよくしゃべってた。ブラジルとの時差は十二時間だって。

と、そこへ「O que?」とマリオが、入ってくる。

マリオ　Quem é aquele?（誰なんだ?）
イネス　あんたのばっちゃんの知り合いだべ。

耕筰　ほう。お前、永瀬満の息子かあ？
マリオ　ソウダ。ダレダ、オマエハ。
耕筰　タツお祖母さまの息子だよ。
マリオ　ムスコ？　お前が？　聞いたことないよ。パパイに弟なんて。
耕筰　パパイ？　ああ、親爺はちがいますけどね。弟だ。
イネス　どういうことな？
耕筰　おれの親爺は上村武彦ってんだ。三年前に死んじまったがね。
マリオ　A vovó fez um filho com um homem que não era o vovô? Pare de falar besteira.
（お祖母さんが祖父さん以外の男と子供を作った？　馬鹿言うな。）
耕筰　なんだって。
イネス　タツばっちゃが他の男と子供を作ったなんて大嘘だと言ってるんだよ？
耕筰　祖母さんがお前の親爺を連れて満州から帰って来たのは知ってるな。帰ってきて入植したのが下北半島の上弥栄だ。ワはそこで生まれたんだ。
マリオ　ワタシ、ニホンゴ、ワカリマセン。
耕筰　顔だけ日本人か。
マリオ　ワカリマセン。
耕筰　わからなくっていかったよ。親爺と祖母さんに伝えとげ。ブラジルに行くとき、棄でた上村耕筰《こうさく》が三十年ぶりに会いに参りましたってな。

マリオ　ステタ？

耕筰　じゃあな。

マリオ　マテ、クダサイ。

耕筰　マテ、デキマセン。日本人、忙しいです。（出ていく）

マリオ　Mas como assim?（どういうこと？）

イネス　タツおばさんが他の男と子供作っただっても下北半島で。

マリオ　ばっちゃが、じっちゃんと別の男と？

マリオ、後を追う。
そこへ、階段からそっと、ミツル出てくる。

ミツル　ああ、帰ってたの。

イネス　奥様、着いたんだべ？

ミツル　二階で一休みしてます。

イネス　今、タツおばさん、訪ねて上村って男が。

ミツル　上村？

イネス　ミツルさんのことも知ってたがね。

ミツル　なんの用だって。

イネス　自分は上村タケシって男と、タツおばさんの間にできた子だって。
マリオ　（戻ってきて）スゲエ、ニッサンのフェアレディーZ。ブイーン。
イネス　下北半島のなんとかイヤサカってどんな所だったか聞いて見ろって。
ミツル　上弥栄。大湊線の有戸から東へ六キロ。雪が深ぐて青森の満州って言われとった。
イネス　ミツルさんは、そこで育ったんだ。
マリオ　あいつ、バアチャンのコドモダッテ……。ウソダヨナ。
ミツル　マリオ！　いいか、このことはばっちゃんには内緒だぞ。
マリオ　どうして。
ミツル　この世の中には、おめにわからんこともある。

買い物袋を持ったタツが「さびい、さびい」と、入ってくる。
続いて、荷物を持ったシーロ。

タツ　助かったよ、シーロ。二階から飛んび降りたづもりで、ビール、ワンケース買ったはんで……。
シーロ　毎日、工場で鍛えているからさ。
タツ　（三人の様子に気づいて）なあに。（顔をぬぐって）マンマつぶでも付いてるか？
ミツル　いやいやいや。あっ、マリオ、母さん起こして二階から椅子を運んでくれ。
マリオ　オッケー。（と、二階へ）

タツ　イネス、手伝ってけ。肉は塩とニンニクに朝から漬げといたんで。（イネスと台所に消えた）

玄関から、紙袋を持った謝花と吉井がやってくる。

謝花　ボアノイチェ（酒瓶を出して）これ、差し入れ。
ミツル　いつも、すみませんねえ。あら、ピンガですか。（読んで）カシャーサ。こいつはすごく強いやつですよ。社長さん、どうぞ。

マリオとヘジーナが二階から椅子を運んできた。

謝花　（ヘジーナに）これ、うちの婆さんの古着だけど、コート買うまでに風邪引くといけないから。
ヘジーナ　オブリガーダ。ご親切に。
謝花　（コップを持って出てきたイネスに）変な奴はどうした？
イネス　ああ、永瀬さんの知り合いでした。
タツ　（皿を持って出てきて）誰か来たのか。
イネス　いえ、ミツルさんの知り合いでした。マリオ、グラス、あと一つ。

マリオは台所に。

イネス　日本人はさ、百グラム単位で肉を買うんさ。

ヘジーナ　Ê mesmo?（本当？）

シーロ　百グラムが一ドルするんだから。

ヘジーナ　ええ！　一キロ十ドルもするの。

ミツルはマリオの持ってきたグラスに酒をつぐ。

ミツル　さあ、みんなグラスを持って。ええ、この町でわれわれ日系人のお世話ばしてくださっている謝花紘一さんからまんず一言。

謝花　私が？　……ええ、ヘジーナさん、日本にようこそ。

ヘジーナ　オブリガーダ。

謝花　サンパウロ大学ではお医者様だったそうですな。……いろいろ地球の反対側のブラジルとは勝手のちがってお困りのこともありましょうが、元気で働いて……。たくさんお金を稼いでお国に戻ってください。私も力足らずでありますが、お力になりたいと思います。（花束を渡す）ええ、それに満州を開拓し、それから下北半島の入植地で苦労し、ブラジルに渡ったお祖父さん、永瀬三郎さんの遺骨が届きました。そのお祖父さんを支えたゴッド・マザー、タツさんの健康、そしてみなさんの日本での成功を願って、乾杯。

一同、口々に「乾杯！」、「サウージー！」と叫ぶ。

吉井　（飲んで咳き込み）うわあ、こりゃ強いわ。
ヘジーナ　シーロ。ムージカ！
シーロ　ター・ボーン。（と、ギターを取りに行く）
ミツル　謝花さんは、沖縄のご出身で、戦前のペルー移民のお一人なんだ。向こうで大変な苦労をなさっている。したはんで、慣れない異国で生活する辛さ、悲しさもわかってくれる。
イネス　頼りにしてるよ。

タツが夫の開拓鍬を持ち上げ「社長さん」。

吉井　なんだべ。
タツ　あそこの空き地ば二十坪ばかり、おらさに貸してけれんかね？
吉井　ええ！　群馬県でも開拓するんかい？
タツ　ブラジル野菜、作りたいと思ってさ。ベテハーバとか。
吉井　ペテハーバ？
謝花　ビーツってあるでしょう。こんぐらいの赤くて丸い。

吉井　ああ、砂糖大根。
マリオ　アボブリーニャ、ない。コウベ・マンティガない。ジロー、ない。ジャポン、ナンニモナイ。
タツ　フクラなんて葉物は土を選ばないし。
謝花　フクラてな、イタリー料理に出てくるルッコラですよ。
吉井　それはいいかもしんねえなあ。
タツ　貸してけれが。
吉井　いいともよ。町工場が忙しくなって、畑にまで手が回らんから。
タツ　ありがとうございます。
謝花　野菜で思い出したがね。俺もペルーにいるとき、日本からナスとかカボチャの種を送ってもらったんだよ。気候のせいか、ぐんぐん大きくなるんだ。ところが、二代目、三代目ヤ、大味になってくる。もう日本のカボチャじゃない。
シーロ　二世、三世になると、日本の味がしなくなるってこと？
吉井　ヘジーナさん。日本の第一印象はどうですか？
ヘジーナ　びっくりした。町、歩いているのがみんな日本人。
吉井　ハハハハハ。日本は世界唯一の単一民族国家ですからな。

シーロが、ギターを弾き出した。

M・「イパネマの娘」

シーロ　ヘジーナさん、カンチ！

ヘジーナが歌い出し、マリオとイネスが踊り出した。

吉井　ブラジル人は、元気だいねえ。飛行機に二十四時間乗って来たとは思えないがね。

謝花　やっぱり肉食のせいですかね。

夜が更けていった。

二場

一九九〇（平成二）年、つくつく法師の鳴く季節。
食卓の脇にテレビの梱包段ボールの箱。
シーロのカセットから流れるボサノバ。
侑子が庭から「今日は」とやってくる。

マリオ　（二階から降りてきて）侑子！
侑子　このギター弾いてる人、有名？
マリオ　ヴィオロンのカミサマ、バーデン・パウエル。
イネス　（紐で縛った本を持って降りてきて）ヴィオロンはギターだんべ。
侑子　聞いてると気分がボサーっとしてくるから、ボサノバって言うの。
マリオ　ボサ・ノーバ、ブラジルの空気。ワカル。
侑子　わかる。わかる。

二階から、ベッドを下ろしてくるシーロと謝花。

謝花　気、つけろよ。

イネス　すみませんねえ。
シーロ　ああ、そのまま、まっすぐ。はい。曲がります。
マリオ　（段ボールを指して）ソコモッテ。
侑子　よしきた。（持とうとして）こいつは重いわ。
シーロ　ああ、今、僕がやるから。
侑子　二家族、一遍にお引っ越ししてるんだ。
マリオ　うん。（指して）シーロのパパ、アハゴンさん、アマゾンから来た。（指して）イネスの旦那さんと子供来た。それで、イネスはアパートにオシッコして、そのあとにシーロのパパが……。
侑子　おしっこじゃなくて、お引っ越しでしょう。（マリオをこづいた）
イネス　（見て）仲いいね。
侑子　ねえ、アマゾン川って利根川ぐらい大きな川。
マリオ　……（絶句した）あのね。アマゾンの河口の幅、こっから名古屋ぐらい。真ん中にあるマラジョーって島は九州とおんなじ大きさなの。
侑子　嘘ォ！
謝花　暑いんで、汗が目に入っちまった。
イネス　（謝花に）一服すんべえよ。コーヒーか、ジュースか。
謝花　冷たいコーヒー、頂きましょうか。
シーロ　マリオ。これ頼む。セーノ。

マリオ　オモイジャナイカ。
侑子　（指して）これ、テレビじゃない。
マリオ　テレビ！
シーロ　二十四インチ、奮発しました。
マリオ　なんでテレビ買うか。
シーロ　親爺に孝行。
マリオ　お前、何のために出稼ぎに来てるんだ！
シーロ　楽しみ。人生すべて楽しみ。

二人、テレビを持って、二階に上がっていく。

謝花　（ガラス戸の外に）タツさん。ごせいが出ますね。一息入れませんかぁ。
タツの声　はい、どうも。
イネス　（アイスコーヒーを持ってきて）トラック、遅いなあ。
侑子　先月から、あっちでもこっちでも、町中お引っ越し。
謝花　この六月に、入管法が改正になったからだよ。
侑子　ニューカンホウの改正？
イネス　今年から、外国人の単純労働者は入国できないって法律が変わったの。日系人とその家族だけは入国を認めるってことになってね。
侑子　ああ、それで、イラン人、町からいなくなったんだ。
イネス　それで、イタリア系の俺の亭主も来られたんだよ。
侑子　あれ！　旦那さん、イタリア人なの。見に行ってもいいですか。
イネス　見せ物じゃないんだよ。

「ええ、気持ちだ」とタツが鍬を担いで畑から入って来て収穫した野菜を侑子に渡す。

タツ　ああ、謝花さん、ご苦労ですね。（汗を拭く）
謝花　年寄りの冷や水。タツさんもこんな暑い日に畑仕事、えらいこってすな。
タツ　アマゾンで鍛えてあっからね。
謝花　ご主人の、開拓鍬、役に立ってますね。
タツ　満州でも、下北でも、掘って掘って掘り返して……。やっぱし群馬の黒土はいいわ。
侑子　ブラジルでお百姓さんやってたんですか。
イネス　日系人農家がブラジルにコショーと野菜を持ち込んで、農業技術を導入したんさ。ブラジルの農民たちは、魔法の農業って驚いたんだって。
マリオ　（降りてきて）ピメンタのネッコ、クサル。日系人のネッコ、ブラジルにナクナル。日本語学校の先生、みーんな日本にイッチャッタ。

タツ　おめは、あっとじゃ日本語学校なんか、通わなかったじゃなえか。
謝花　おめはジャポーネース、勉強しない。日本語ができない奴にどうやって作業工程を教えるんだ。だから、荷物運びばかりやらされるんだよ。
マリオ　ワタシ、ライネン、ブラジル、カエル。ジャポネーズ、イラナイ。
タツ　へば、百姓でもやるんだな。
マリオ　ヒャクショウ?
タツ　言葉ができんおらだちは、ブラジルで商売、できなかった。……土《つち》を耕すしかできなかったもの。
マリオ　ニホンジンは、ツライ仕事、みんな俺たちに押しつける。（指を三本出して）サンキロノ motor 一ダース。日系人、みんな（腰に手を当てて）dor lombar…
謝花　ええ?
イネス　腰痛。
謝花　みんなやってるんだ。
マリオ　日本人のおばさんたちは、スワッテ仕事。
謝花　そりゃあ、君が熟練工じゃないからだ。
マリオ　ランチタイム、五十分。ブラジルでは二時間。
謝花　ブラジル経済、落ち込むわけだ。
マリオ　俺らは、工場の掃除係りじゃないんだ。

謝花　ブラジルでは仕事場の掃除は奴隷がやってきた。しかし、日本にはもともと奴隷はいなかったから、自分たちでやるんだよ。（イネスに）なあ。
イネス　そう。
マリオ　わかったよ。（段ボールを持って）ユーコ、アンテナの箱、モッテキテ。
侑子　はーい。（と、箱を持って追う）
タツ　マリオのジャポネーズ、ちょぺっとうまくなったな。
イネス　あのAmigaができたせいだんべ。あのモッサと話がしたくてさ。
タツ　あのわらし、ジャポネーザだろう。
イネス　いいだんべ。ジャポネーザでも。
タツ　だって、マリオは「僕のお嫁さんはブラジレーイラでねば、絶対いやだ」って。鍬、洗うべ。
（庭に出ていった）
イネス　マリオが日本人にいじめられた時、あの子がかばったんだって。
謝花　へえ。どう、ご亭主の日本の感想は？
イネス　スーパーに行って物価が高いって悲鳴上げとった。
謝花　物価高世界一。でも、あのヴィットーリオ、いいご亭主だね。安アパートも、壁紙張り替えてカーテン変えたら見違えるようだ。
イネス　ルイスとゴンザレスは、畳がはじめてだから、毎日でんぐり返し。
謝花　イネスさん。日本のアパートは安普請で壁が薄いんですよ。

イネス　はい。隣で、夜遅くまでパーティーをやられると、寝られやしないって聞いたよ。
謝花　だから……つまり、こっちの音も隣に筒抜けだってこと。
イネス　（気づいて）あ、ご親切に。気をつけべ。

マリオとシーロ、降りてくる。

謝花　親爺さん、二階で何してんの。
シーロ　荷物の整理しながらテレビ見てる。
謝花　沖縄水産と天理の決勝戦か。どうなってる。
シーロ　天理が四回に一点入れたままでもう、九回。

吉井、庭から、ポリ袋を持ってやってくる。

吉井　引っ越し、順調にいっとるんかい。
侑子　（降りてきて）ああ、社長。トラック待ちです。
吉井　（取りだして）これ、陣中見舞い。「元気ハツラツ！　オロナミンC！」ねえ、暑いアマゾンに、これ輸出したらどうだんべ。
イネス　そのオロナミンCに入っているコカはさ、アマゾン産のガラナから採ったカフェインだんべ。

吉井　それじゃ売れねえな。
謝花　イネス。この町にゃ、もうダンベなんて群馬弁使う奴はいないよ。
イネス　わしの親爺は、ダンベだったから。
侑子　社長。マリオの住んでたサンパウロとタツさんがいたアマゾンのトメ・アスーはどれくらい離れているでしょう?
吉井　東京から……福岡。
侑子　ブー。東京からネパールのカトマンズの距離です。
吉井　へえ、本当かね。

信玄袋を持った義男が降りてくる。

義男　いゃねみなさんどうも。
謝花　阿波根さん。沖縄水産、どうだった?
義男　一対零だ。タツさん、クレー（これ）お約束の。（信玄袋から種の入った袋を出す）Abobrinhaの種。
タツ　（歓声）
吉井　なんだい、アボブリンニャって。
シーロ　日本のカボチャみたいなもんですよ。

義男　（出して）Jilo.
侑子　ジロ？
謝花　日本のナスみたいなもんだが、苦いんだよ。俺もペルーにいたとき、最初は食べられなかった。
マリオ　（叫ぶ）二年以上ハタライタラ、カエル。イマ、タネ、マク。ドウイウコトダ。
義男　マリオ君。今帰るのは無茶ヤサ。トメ・アスーのピメンタは大雨でね。腐れ病と国際価格の暴落で手つけられないさ。主な働き手のほとんどは日本に来てしまったさ。
シーロ　行った後がまた大変。亭主がいなくなると強盗には入られる。女だと現地労働者に甘く見られる。
マリオ　だから、こっちで働いて、サンパウロでオミセ、やる。
義男　サンパウロの失業者は二百五十万だよ。クヌ六月、大相撲がサンパウロに来た。やしが、インフレが小売業やサービス業に従事する日系人を直撃した。で、切符ヤ売れない。イチャンダルーナタサ。
マリオ　ええ？　それ、日本語かい。
義男　入場料、ただにして貰ったってこと。
謝花　もう、そんな琉球語、ブラジルにしか残ってませんよ。
吉井　タツさん。あの畑だけどね、返してもらえんかね。
タツ　返す？
吉井　あの土地にアパートを建てることになったんさ。そんで……。

マリオ　（立ち上がった）シャチョー。バアチャンはこの春から……
吉井　日本は今、未曾有の好景気で、労働力はいくらでも欲しいんさ。
謝花　今度の入管法の改正でどっと日系人が入ってくるからなあ。
吉井　ところが大家さんは外国人にアパートを貸したがらない。やれ、夜中に騒ぐ。ゴミ出しの日を守らない。入ってくる日系人はどこに住んだらいい。ならば、俺たち自身で日系人用のアパートを建てるっきゃないがね。

沈黙。

タツ　おらの生まれた下北の野辺地は、田畑が足りねえ。そんで、だだっ広い満州やブラジルば開拓《かいだく》しに行った。（窓の外を見）あの田畑をつぶしてアパートを建てるんだと。……わかんねえ。
吉井　そりゃね、祖母ちゃん。一ヘクタールの土地で野菜作るのと、テレビや自動車作るのとどっちが儲かるかって問題なの。

そこへ、表から「おーい、イネス。トラック、来てるぞ」とミツルの声。

イネス　エンテンジ。
謝花　（ベッドを指して）シーロ。くりから、行くか。

シーロ　はい。
侑子　私、これ持ってく。
イネス　本は、重いよ。
侑子　大丈夫。
義男　わしも、手伝いましょう。
シーロ　じゃあ、二階の段ボール、頼むよ、マリオ。
謝花　じゃあ、行くよ。

義男に続いて、マリオも渋々二階へ。
イネスとシーロと侑子はベッドと玄関へ。

ミツル　（入ってきて）社長。
吉井　終わったかい。
ミツル　いやぁ、三つの作業ラインがフル稼働ですから、てんてこ舞いでした。
タツ　苦労かけるね。

電話が鳴る。

イネス　あらら。亭主と子供が腹空かして電話してきた。（玄関のほうへ）
謝花　さあて、わしらはそろそろお暇しようか。
吉井　そうだね。
タツ　社長さん。（吉井に追いすがって）ねえ、ほんのちょっぺっとでええ。二十坪でいいんだ。
吉井　タツさん。二十坪欠けたら、アパート建たないんだよ。（ガラス戸から降りる）
タツ　へば、十坪でええ。（と、追う）
マリオ　（段ボールを持って降りてきて）祖母ちゃ、もうやめて。
ミツル　（戻ってきて）どうしたんだ？
マリオ　ココの畑、アパート、ツクルッテ、シャチョウが……。
ミツル　今月に入って、三十家族は来たからな。
イネス　（玄関のほうから入ってきて）大変だあ。あいつからの電話だった。お袋、今日はいるかって。
ミツル　あいつ？
イネス　ほら、去年の暮れに来たあんたの弟だんべ。
ミツル　弟？
マリオ　カミムラ……。
ミツル　耕作が来る？
イネス　今、国道四〇七号、左に曲がったところだと。もう五分もすれば来るよ。
マリオ　カミムラ、来たこと、ばっちゃんに話してないの？

ミツル　うん、まあ……。
マリオ　ばっちゃが、ベツノオトコと子供を作った。ホント？
ミツル　満州でじっちゃ、つまり永瀬三郎は召集されてその後、シベリア送り。ばっちゃは二歳になるおらを連れて満州から野辺地に引き揚げた。だが野辺地には土地がねえ。で、おらたぢは下北半島の天皇様の御料地、上弥栄をいただいた。
マリオ　ナンベンモ、キイタヨ。
ミツル　上弥栄に入植した満州帰りは、松林の中に棒っ切れば三本立て筵ばかけて家にした。開拓《かいだぐ》ば始めるにも、食べるものもね。二歳の俺を抱《かが》えたばっちゃはどうすりゃあいい。
マリオ　ソレデ、カミムラのパパイとケッコンしたのか。
ミツル　そういうことだ。
イネス　さて、トラックが待ってるから、行くんべ。
ミツル　ご苦労さんでした。
イネス　ケナーダ。（玄関に去る）
ミツル　（表に）母っちゃ。母っちゃ。
タツの声　ほーら、西のお空が真っ赤っか。明日もお天気だぴょん。
ミツル　お客様だよ。早く、入っといでよ。

そこへ、「鬼が出たか蛇が来たか、出てきてこまるはお化けとオデキ」と、鍬を持ってタツ。

ミツル　母っちゃ。耕筰さんが来るんだよ。
タツ　……。
ミツル　上村耕筰。
タツ　耕筰？　知らねえ。
ミツル　上村武の息子の。
タツ　……。
ミツル　上弥栄の……。実は去年の暮れにここに来たんだよ。
タツ　なして黙っとった？
ミツル　んだて、上弥栄ば出てから、親爺もお袋も上村のことは一度だって……。もう、来るよ。
タツ　武さんも一緒だったか。
ミツル　一昨年、亡くなったと。
タツ　死んじまったか……。一昨年か。
ヘジーナの声　どうぞ、どうぞ。……先日、お越しくださった時は、ちょっと立て込んでいまして。
……義母もお会いするのを楽しみにしておりました。
ミツル　母っちゃ。
タツ　会うのまいね。（畑に逃げ込む）
ヘジーナの声　あーら、ご丁寧に。

そこへ、「今日は」と、耕作が入って来る。
ヘジーナの手には果物のかご。

マリオ　（口の中で）どうぞ。
ヘジーナ　これ頂きました。
耕作　ああ、今晩は。
ヘジーナ　あら、お義母さまは？
ミツル　（椅子を指して）どうぞ。

耕作、ミツルを見る。

ミツル　（沈黙が耐えられず）ヘジーナ。お茶でも……。ああ、家内です。
ヘジーナ　ああ。はい。（果物を持って台所に立つ）
耕作　おお、べっぴんさんだ。（ミツルに）青っ鼻垂らしてたわらしが、こんなになりました。
ミツル　元気そうで……なによりだ。
耕作　満兄さんも。
ミツル　何しに来だ。

耕作　そたら言い方ねえべ。三十年ぶりに自分の兄貴が日本に帰ってきたら　会いたい。おかしいか。

タツ、台所から、わが子の顔を見る。

耕作　おぼえでるよ。あんたと親爺は暗れえうぢがら畑さ出でいって、ワはお袋の背中さおぼさって……。その四人が家族であった。

ミツル　おらだって物心ついでから十二になるまで、武さんが親爺であった。シベリアがらおらの本当の親爺が、三郎が帰ってきて「これがおめの、とっちゃだ」って言われで。

耕作　五つの時だった。お袋《ふぐろ》とあんたが知らねえオジサンに馬橇ば、乗せられて上弥栄の吹雪のながさ消えでいった。あんたたちが、めねぐなるまんで、見おぐった。残さいだワど親爺はあの掘っ建て小屋さ戻ったんだ。

ミツル　なんぼに、なったの?

耕作　ワが五つの時におめが十二。なんぼ経っても、七つ下は変わんねべ。

ミツル　四十越せば、わかるべさ。死んだと思ってあった親爺がシベリアがら戻って来たお袋の立場も……。

耕作　亭主が死んでるかどうがもわがんねのに、なしてワの親爺、上村武と所帯ば持ったかだが。そったに男、欲しぐなったんだべかの。

ミツル　自分の母親ば、そう色気ちがいみてに、へるもんでねえ。

耕筰　二十四の女盛りはんでな。
ミツル　自分の親がヘッペ目当てで男ば連れ込んだみてえな、しゃべりがだすんな。天皇様がら頂いた五ヘクタールもある松林。そごさ、鍬ひとつだげで入って、馬ば借りで松の根ばおごす。女手一つででぎる仕事でねえ。下北の冬は雪で仕事がでぎねぐなる。開拓資金ば稼へぐのに三沢さ建設中の米軍基地ば、働ぎに行った。三食ついて三十円。……十年、待ってればいがったってが？その間にお袋もおらも飢えで死んでまってたじゃ。
耕筰　んだ。ワの親爺はその一番へずねえ五年間、おめどお袋の命ば繋いできたんだ。毎年一反ずつ畑ば広げで、ジャガイモだの大豆、小豆、ナタネだのば作付けしたのは、ワの親爺でねか。
ミツル　おらだって四つの年がら働いださ。だどもお袋はどっちか選ばねば、まねがったんだ。
耕筰　んだ。タツっていうおなごは、三郎どミツルば選んだ。そして、上村武とワば棄てだんだ。
ミツル　おめの親爺が開墾した畑《はだけ》だもの。

ヘジーナがお茶を持ってきて「どうぞ」と置く。

耕筰　弁当、作ってけるお袋ば、何回も夢さ見だもんだ。「ああ、母っちゃが出でいったなんて夢であったんだなあ」って。……目覚めでみれば棒っこさ三角に立てだ小屋のなが。
ミツル　ああ、積み重ねだ笹の葉にヤマセが音ば立てでる。
耕筰　ヤマセがあ。夏に東がらヤマセが吹げば、雨雲が海がら吹きつげで霧雨がダチダチと降り続ぐ。

真夏だってのに、いろりの火ばたやさいねぇ。
ミツル　植えだジャガイモは腐って花ば出す。その花ば採って小豆ど一緒に煮て食ったな。
耕作　学校でほがの集落《しゅうらぐ》のワラシが、白いまんまの弁当ば広げでいるどぎ、おらたち開拓民のワラシはマイニヂ、マイニヂ……。
二人　ジャガイモ。
耕作　兄ちゃ！

タツ、果物を皿に盛って出てくるが、耕作は気づかない。

ミツル　耕作。よくけっぱったな。おめもおらも。
耕作　満、ワは「おもしろぶっく」、まだ持ってらど。
ミツル　「おもしろぶっく」……。山川惣治！
耕作　少年王者！　兄ちゃが、友達がらもらって大事にしてたやづ。
ミツル　「ツタンカーメンの財宝」何度も読んですり切れでまって。魔人ウーラが意地悪ばへば、おめ、おっかながってな。
耕作　お袋が泣ぎながらゆでたジャガイモば風呂敷《しぎ》さつづんでた晩、おめは一番たいせづなおもしろブックばワさ……。
ミツル　上弥栄ば出て、おらたちは全国の工事現場を転々としたんだ。親爺は土方仕事、お袋は飯場の飯炊き。今でも、おべでる。西銀座の高速道路の建設現場が終わって、新橋のガード下でサンマ定食ば食ってた。皇太子さまと美智子さまとの結婚パレード、テレビがやってた。親爺がビールを飲みながら、急に言ったんだ。ブラジルさ、行くべしって。

耕筰　ワの親父は、たまに新聞にブラジルの記事が載れば、タツはどうしてらべなぁって……。（と、タツを見た）

タツ　すみませんねえ、気ぃつがってもらって。千疋屋の水菓子なんて……。

マリオ、鍬を構える。

タツ　（耕筰の前にへたり込む）耕筰、堪忍《かに》してけ。

耕筰　……。（ミツルに）母っちゃや。

タツ　すまねがった。まんだ五つのワラシ捨てるなんて鬼だじゃ。鬼は成敗しねばな。

ミツル　母っちゃ。

耕筰　おめだぢは、戦に負けてスッテンテンになった日本さ、おらだぢば棄てで、光り輝くブラジルさ行ってまった。……置いでがいだおらだぢが戦の傷跡しょった国で身を粉にして働いで、日本を世界の一等国に仕上げたとたんに、こんだ、貧しいブラジルさ棄ててご帰還だか。

タツ　わいは……。立派になって、理屈《りぐつ》、しゃべったる。

耕筰　……満の言うとおりだ。あんたがあん時、ワの親父ば選んでれば、三郎さんと満さんがあんたば恨んでるだけだ。どっちにしろ、あんたは恨まれだ。
タツ　へば、なにしに来た。（椅子に座った）
耕筰　あんたはな。親爺とわいど一緒に上弥栄の田畑ば棄てたんだよな。そいだけば確認しておきてえ。
マリオ　O que é que ele está dizendo?（なんて言ってるんだ）
ヘジーナ　（小声で）Ele está dizendo: Vocês deixaram o Japão que estava na pior depois de perder a guerra, e foram para o Brasil. Depois que nós, que fomos deixados no Japão, trabalhamos feito condenados, e transformamos o país em Primeiro Mundo, lá vêm vocês, fugindo daquele Brasil miserável. ...É como o Mitsuru diz. Se você, naquela hora, tivesse escolhido o meu pai, o Saburo e o Mitsuro estariam odiando você.
タツ　ああ、おらたちが天皇さまから頂いた土地は、じゃがいもだって育だねえ松林だったもんだ。
耕筰　そのひどい土地が金の卵だったんだ。あんただぢが日本ば棄てだあど、見だごともねえ高級車が村んなが、走るようになって、不動産屋が貧乏農家さ札束ば持ってやってくるようになった。
ミツル　なしてあったらだ土地を買う奴がいるんだ？
耕筰　おらだぢ百姓にとって土地は、米や野菜を作る田畑にしか見えねえ。おらだぢは「陸奥湾小川原湖開発」って国の計画のごとだのって知りもしねがった。ほとんどの開拓農家は二、三百万円の借金ばかがえたはんで、一反あだり一万二千円で買ってけるって話さ飛びついた。
タツ　あの土地が一万二千円。

耕筰　ほら、百姓はそんなはした金でたまげる。おらは東京から来た不動産屋に、地元の百姓と話しばつけてくれと頼まれた。百姓やめたくねえって頑張る農家に開発会社は金を積む。一反、一万二千円だったもんが三万、四万と上がっていく。ゴネ得だわさ。結局、上弥栄だげでねぐ六ヶ所村ば中心とする一万七千ヘクタール、二千世帯、一万人が立ち退いたがね。あわてた乞食ははした金、ごねた百姓土地長者だ。反あたり一万円で買い上げた土地が最後にゃあ坪当たり三百万円。三百倍だ。

ミツル　それでおめも土地長者になったわけだ。目出てえべえな。

タツ　あの土地ば棄てたおらたちが馬鹿だったたてわげだ。

耕筰　いや、あの土地の名義が上村武、上村タツになっとったがな。後の祭りだ。

ミツル　そういうごとか。

そこへ「今晩は」と侑子。

耕筰　今晩は。

侑子　……。（ピョコンと頭を下げる）

耕筰　お嬢さん、この町で一番おいしい寿司《すす》屋はどこかな。

侑子　お寿司屋さん？

耕筰　三十年ぶりの再会を祝して、特上の寿司をごちそうしよう。（財布を出す）

タツ　いやあ、孝行息子を持ったもんだ。ヘジーナ、寿司《すし》屋に電話しておくれ。（財布の中をのぞき込む）
ヘジーナ　ススか。
ミツル　美喜仁鮨の中トロはうまえど。
マリオ　スシは嫌だ。
耕筰　じゃあ、ウナ重はどうだ。
ミツル　ウナギなら大川屋だ。
マリオ　ウナギは、アマイカラ、嫌だ。

耕筰の携帯電話が鳴る。

耕筰　はい。上村。……ああ、はい！　いや、あのクリーニング屋の親爺、頑固でね。金には転ばないってのがわが家の家風だって言い張るんです。

タツ、財布の中にいっぱい入ってるとマイムでミツルに知らせる。

耕筰　……いえ、こうなったら手荒らですが……。（玄関のほうに歩いて小声で）いえ、トラックで突っ込むなんてことはしませんよ。（と、消える）

侑子　あのおじさん、だあれ。
タツ　（財布を出して）マリオ、侑子ちゃんとこれで焼き肉でも食いに行け。
マリオ　どうしたんだよ。
タツ　いいはんで。
マリオ　（侑子に）Então vamos!（行くか）
侑子　コムタン・スープが食べたい。「えびす」の。

二人、出ていく。

タツ　（突然）ミツル。こどしは日系人がどんどん来るっていうから、弁当屋、開くてのはどうだ。
ミツル　弁当屋？
タツ　マリオは寿司《すし》もウナギも食えん。工場の出してくれる弁当が嫌だと、昼も帰ってきてフェジョンだ。へば、工場の前でブラジル弁当を売りだしたらどうだ。カルネとかリングイッサとか。
ミツル　店、出すのに貯金ば使うのかい。それこそ、マリオが怒るぞ。
タツ　金は耕筰《こうさぐ》が持っとる。
ミツル　耕筰に資金を出させる？　遺産を取られまいとやって来たんだど。

耕筰、戻ってくる。

タツ　耕筰。
耕筰　はじめて名前、呼んでくれたな。
タツ　おめ、おらの息子だったっけかな。
耕筰　そう、言ってらべ。
タツ　へば、金を貸せ。
耕筰　……どうしてワが母ちゃに金を貸さねばならねんだ。
タツ　はじめて母ちゃんと呼んでくれたな。おめとおらは親子だ。夫婦の契りは切れるけど、親子の契りは切れはせぬ。
耕筰　親子の契りを切ったのは母ちゃのほうでねえか。
タツ　うーん。（歩き回る）……おめは土地ば売った金を持っとるが、あん土地は去年身罷りなさった前の天子様の御料地だ。この秋津嶋は一木一草にいたるまで天子さまのもの。天子さまのもんてつうことは、みんなのもんじゃ。お前のもんでもあり、おらのもんでもある。
耕筰　共産党みたいなことぬかすな。なして金がいる？
タツ　ブラジル人相手の弁当屋を始めようと思ってさ。
耕筰　どうぞ。（果物を食べ始める）
タツ　……。耕筰。教育勅語にゃなんとある。
耕筰　キョウイクチョクゴ？

タツ　「爾臣民父母ニ孝ニ」……。親の言いづけは、天子さまのご命令だ。満蒙開拓団の花嫁になれと言われたら口答えせず、野辺地から汽車に乗ったさ。

耕筰　はんかくせえ。（立ち上がった）いいか。六ヶ所村の土地のことでガタガタ言いだしたら、その筋のもんを寄越すはんでな。

耕筰、出ていく。

「耕筰」と、タツが追う。

ヘジーナ　……お寿司だけでも奢ってもらいたかったね。

ミツル　あんな奴に金借りようってのがどだい無理だ。

そこへ、言い争いながら、耕筰とタツが入ってくる。

耕筰　ダメだったら。店は。ダメ、ダメ、ダメ。

タツ　なしてダメなんだよ。この町の日系人は毎年、五百人ずつ増えてるんだぞ。

耕筰　工場は町ん中に散らばってる。遠い店まで昼飯食いに行くかよ。

タツ　……へば、どうせばいい。

耕筰　小型トラックに弁当積んで、工場を回るのさ。

タツ　口を出すなら、金も出せ。
耕筰　母っちゃ、ちょっとォ……。

そこへ、ガヤガヤと義男とシーロが帰ってくる。

ミツル　イネスの一家、なんとかなりそうか。
シーロ　謝花さんのお陰で、ヴィットーリオさんの就職決まったってみんな喜んでいました。さっそく、焼肉パーティー始まってます。
タツ　家族がそろってなによりだ。
ミツル　ああ、阿波根さん。こいつね、おらの弟で耕筰言うんです。
耕筰　最近、話題の地上げ屋の片割れすわ。
タツ　いいや、おらの弁当屋に金を出してくれるって、自分から言い出した親孝行息子。ミツルたあ大違えだ。
ミツル　母っちゃ。
タツ　さ、上がれ、上がれ。
耕筰　（ヘジーナに）ああ、もうしょうがねえ。奥さん、寿司、六人前だ。
タツ　謝花さんと社長さんも呼ぶか。ヘジーナ、寿司二人前追加。特上だ。

ミツル、ラジカセをかける。

タツ　すまなかったなあ。（と、耕筰にすがりつく）

そんなタツを人々、見ている。

三場

一九九一（平成三）年七月。
夕暮れにカラスが鳴いている。
マリオが、バスタオルで頭を拭いている。風呂場から、侑子の声。

侑子の声　そのユバ農場って、アマゾンにあるの？
マリオ　ずっと手前さ。サンパウロから北へ六百キロ。アリアンサって所だ。ユバ農場じゃあ、大きな農場、コーヒー農園。二万羽の鶏と何百頭って豚を飼ってるんだ。
侑子の声　どんな人が作ったの？
マリオ　なんでも、関東大震災の後に、兵庫の弓場勇って人が拓いたって言うから、もう、三世、四世の時代だって。
侑子　（シャワーを浴びて出てきた）じゃ、日本語、通じないんだ。
マリオ　ユバ農場じゃあ、学校に行くまでに日本語を教え込むから、今でも農場の中は日本語だけだって。味噌も醤油も自分たちで作っとるから、昔の日本がそのまま残ってるって。
侑子　でもさ、お金がなかったら、どうやって食べるものなんかを買うの？
マリオ　みんなで働いて農場でできた米や野菜をみんなで食べるんだから、お金なんかいらないんだって。

侑子　そのユバって人、共産党。
マリオ　ちがうよ。モダンダンスのグループがあってね。五百人入れる劇場で人形劇や音楽会やるんだって。
侑子　お百姓さんがダンスするの。
マリオ　弓場勇って人は、百姓だけしていたんではだめだ。その土地に人間の文化が育たなければだめだ。だから、子供たちに絵を描かせたりピアノを弾かせたりしたんだって。農場を作って最初に買ったのが、ピアノと映画のプロジェクトール。
侑子　映画会やんの？
マリオ　農業と芸術が結びつくんだって。
侑子　宮沢賢治みたい。
マリオ　ミヤザワって、今のprimeiro-ministro？（総理大臣？）
侑子　……総理大臣じゃないよ。日本のこと何にも知らないんだから。
マリオ　利根川までチャリで行こうか。
侑子　私、やっぱり、工場に帰る。
マリオ　もう、五時、過ぎちゃった。
侑子　ねえ、工場に戻ろう。そして、謝ろう。
マリオ　いやだ。あんな職長の顔なんか二度と見たくない。ユウコ。（と、侑子の体をまさぐる）
侑子　よして！（突き飛ばす）

そこへ、「ただいまあ」と、「イパネマの娘」とネームの入ったジャンパーの義男、帰ってくる。

侑子　お帰りなさい。

義男　おお、帰ってたか。

侑子　お邪魔しています。

義男　いやあ、今日の暑さは殺人的やなあ。

侑子　あら、ブラジルからいらしたのに、日本の夏ぐらいで……。

マリオ　もう、ブラジルのことなんにも知らないんだから。

義男　アマゾンの真夏、十二月だって三十度を超える日は少ないんですよ。

侑子　じゃあ、冬は寒いんだ。

義男　六月、ブラジルの秋が深くなって空が澄み、そよ風が一日中吹くようになると、子どもたちがたこ揚げを始めんる。

マリオ　たこ揚げが始まると六月二十四日の聖ジョアンのお祭りだ。

侑子　阿波根さんは、どうしてそんな素敵なブラジルから、こんなに暑い日本に帰っていらしたのですか。

義男　どうしてかねえ。

侑子　阿波根さんの家はお金に困ってないから、出稼ぎになんか来なくてもいいいんだってマリオが……。

マリオ　いや、シーロの兄貴がさ。イタリア系の奥さん、もらってから食べ物のことで……。

義男　孫が三人生まれたのは嬉しかったが、食卓から豆腐と海苔が消えて、肉のかたまりとトマトケチャップ。家族の団らんがヤマトグチからポルトゲースになっちまった。（出して）リングイッサ、二つ売れ残ったから。

マリオ　（侑子に）食べて見ろよ。ばっちゃんの作った腸詰めだよ。

侑子　頂きます。

義男　三十年前、開拓地に向かう汽車ん中でリングイッサ、配られたけど、窓から棄てたん。（段ボールを持ってくる）

侑子　スパイスが利いていておいしい。

義男　わったーらには、しつこくて。

侑子　阿波根さんは自分の嫌いなものを毎日売っているんですか。

義男　工場の弁当は二百四十円。こっちは倍の五百円するのに、日系人の大半が買うね。信じられんよー。

義男、弁当の箱の組み立て作業を始める。

侑子　やっぱ、日本人は買わないですか。

義男　日本人にも売れるようにって（ジャンパーの背中を指して）「イパネマの娘」てしたのにさ。
マリオ　みんな「イパネマの婆ぁ」って言ってるよ。

イネスとタツが「あづい、あづい」と、入ってくる。

タツ　イネスに送ってもらったよ。冷てえもんでも飲んでお行き。
イネス　あら、マリオも帰ってたの。
マリオ　ああ。
タツ　どっか具合悪いのかい？
マリオ　いいや。
義男　ご苦労さまです。
タツ　（箱を置いて）早かったのう。
義男　工場を回イル順番、ケーティヨ（変えたの）。青木エンヂニアリングで、弁当五つ。勝代技研で弁当四つと、モルタデーラ・サンド七チ。

タツは鉛筆をなめながら、大福帳に書き出す。
イネスは、パソコンを出して、叩きはじめる。

義男　荻原精機からも、弁当八つ売れたさね。

イネス　この夏で日系人、千人を超えたろう。弁当、百個も夢じゃないさね。

タツ　二世、三世がどっと来たはんで、工場の弁当の売り上げ半分になったんだと。

義男　日系人雇っている工場はまだまだありますが、昼飯時間はだいたい同じでしょう。だから、回りきれない。

侑子　車を増やせばいいんじゃない。

タツ　したって、日系人で阿波根さんみたいに免許ば持っとるのが少ねえの。

侑子　ブラジルには、自動車ないの？

マリオ　ぶん殴るぞ。ブラジルの免許は使えないんだよ。前橋の交通センターで、もう六回も落とされた奴もいる。

イネス　二世、三世は交通法規の日本語が読めないんでね。

タツ　ああ、そこいくと、阿波根さんはけっぱった。一発で免許取って、もう配達しとるもの。

義男　今の私には梱包や運搬なんて力仕事は無理だ。だから必死でしたよ。

侑子　帰る。

マリオ　おい、どうしたんだ。

侑子　お邪魔しました。（出ていく）

タツ　（背中に）マリオは友達少《すく》ねはんで遊んでやってけ。

マリオ　（追って）待てよ、侑子。

イネス　阿波根さん。お弁当の売り方だけどさ、前の日に注文取っといてさ、当日は届けるだけにすればいいんだがね。
義男　そうか！　さすが大学出た人はちがうねえ。
イネス　ブラジル食材、手に入らないから、日替わり弁当、つらいねえ。
タツ　五反田のブラジル総領事館の近くで売ってるって言うんでさ。耕作が買って来るって言ってた。
義男　親孝行だねえ。
タツ　共同経営者だもの。あの畑を貸してくれてりゃあ、今頃はブラジル野菜の取り入れ時なのになあ。

そこへ、謝花とシーロが「シェゲイ」と入ってくる。

謝花　お邪魔します。
タツ　おらだぢは日本にお邪魔してます。
謝花　阿波根さん。沖縄水産、今年も残念でしたなあ。初出場の大阪桐蔭に負けるなんてねえ。
義男　来年がアイビーサ（ありますよ）。（台所に）
シーロ　それで謝花さんの親爺さんはどうしてペルーに行ったの。ヤマトンチューにいじめられたから？
謝花　……非国民だったわけさ。

シーロ　ヒコクミン？
謝花　満州事変、起こってね。おちおちしてると、兵隊に取られる。支那で死ぬのは嫌だって親爺は考えた。さて、ペルーの開拓と支那での戦と、どっちが大変だったか……。人生、二通り生きてみることはできんからねえ。
義男　（コップを持って戻って来て）バンシル・ジュースだよ。
謝花　おお。ナチカサッサヤー（懐かしいな）。（飲んで）マーサッサー（うまい）。イネス、どうです。ブラジル人からの街への要望、聞いてくれたがね。
イネス　はい。一番多いのは、役所の手続きの日本語がむずかしいってことです。

マリオが戻ってきた。

シーロ　外人登録とか、ビザの申請とか？
イネス　ポルトゲースの説明書をつけるか、言葉のわかる職員を置いてくれって。
謝花　エー。日系人が働いてる市町村のすべてに、ポルトガル語の担当者を置けって言うの。
イネス　そう。
タツ　ブラジルの役場に日本語の書類があったら、なんぼ楽だったさあ。
イネス　そうすればこの町に、日系人が集まってくる。そうすっと、他の企業もこの町に工場を持とうと思うだんべ。

謝花　まあ、そういうことだが……。
イネス　（メモを見て）それから、食料雑貨店。ブラジルの雑誌や新聞、食品なんかを売っているお店があるといいって言うんさ。
タツ　キタンジーナャ！　そりゃいい。
謝花　リマに雑貨屋ができた時はほっとした。たった一軒だけでも豆腐を売ってたり、日本人と会えるような店があるかないかで心細さがちがう。
タツ　んだきゃあ、阿波根さん、明日の仕込み、手伝ってけ。
義男　はい。（二人は台所へ）
マリオ　そんなことより、斡旋会社は法律を守って欲しいな。
謝花　法律を守れ？
イネス　マリオは、吉井さんの工場で働いてるのに、給料は斡旋会社の謝花さんからもらっとる。
謝花　私が日系人労働者を搾取しているってわけだ。じゃ、吉井電機のような零細企業がどうやって外国人労働者を確保すればいい。私たちは、広大なブラジルにいる日系人を千人単位で募集をしてる。しかし、その日系人たちがどうやって群馬県にある小さな工場の求人情報を知ることができるかだよ。だから日本企業と日系人たちの橋渡し役がいなければ、双方ともに不幸だと私は考えた。それを搾取だって言うのかい。
イネス　単純労働者の斡旋業務はさ、禁止されとるんじゃなかったかねえ。
謝花　しかし、三割、四割をピンハネしている悪質な業者でないかぎり、警察当局は見逃している。

なぜかね。

イネス　警察は業者から賄賂を渡してるからだがね。

謝花　ここはブラジルじゃないよ。中小企業の黒字倒産が大企業に影響があっちゃ困る思っているからだよ。現在、日本で働いている外国人は四十万人を超えている。その半数以上がオーバーステイ、つまり不法残留者だ。彼らを全部、摘発したら、中小だけじゃない、結果的に大手メーカーのラインも止まるんだ。

タツが、ボールと小麦粉と牛乳などを持ってきて机に置く。

マリオ　そんなことより、俺のパスポートはどうなったんだよ。

謝花　はいはい。持ってきてますよ。（ポケットから出す）

マリオ　俺は謝花さんにパスポート、取り上げられてる。もし、ケーサツに捕まったらどうしたらいい。

謝花　私も、君たちからパスポートを預かるなんてことしたくはない。しかし、ある日突然、アパートから日系人は消える。時給が百円高い工場があると聞けば、浜松やなんかに夜逃げしてしまう。

イネス　でも憲法で、職業選択の自由は保証されてるんじゃないかい。

謝花　いいかい。私たちは日系人をこの町に呼ぶために、飛行機代や渡航手続きに一人四十万円ほどを前払いしているだよ。

イネス　就職してから月賦で返してるでしょう。
謝花　ところが、こずるい斡旋業者がいるんだ。せっかく私たちが呼んだ日系人を別の会社に引き抜く。引き抜きなら、渡航費用を出さなくて済むからね。去年、私が呼んだ十人のうち、五人が三か月の間に夜逃げした。
マリオ　俺らを信用していないんだな。浜松のスーパーじゃあ、「ただ今店内にブラジル人が入っています。みなさま、お手持ちのお荷物にご注意ください」って店内放送が流したって。
謝花　信用したい。しかし、そうすると私の会社は支度金を踏み倒されてつぶれてしまう。このままじゃあ、サンパウロ・成田間の飛行機代を先払いする会社、なくなるよ。
マリオ　じゃ、もし俺が警察に行ってアッセン会社にパスポート取りあげられたって言ったらどうする。
謝花　……。
イネス　マリオ、そんなこと言うもんじゃない。
マリオ　警察もほっとけないだろう。
謝花　わかった。そのかわり、決して夜逃げしないって約束してくれ。
マリオ　約束する。
謝花　君を信じよう。（マリオにパスポートを渡す）男の約束だぞ。
マリオ　オブリガード。
謝花　（シーロに）君は？

シーロ　ぼくはいいです。
謝花　そうだ。（鞄からＣＤを出す）これをマリオ君に進呈しよう。
タツ　なんだい？
謝花　マルシアのＣＤですよ。
マリオ　けっ！
謝花　けってなんだ。
イネス　謝花さん。

そこへ、「おーい、誰かぁ来てくれ」とミツルの声。

タツ　ミツルだよ、マリオ！
マリオ　ママイ。どうしたの！（飛び出していく）

ミツルとマリオがヘジーナを支えて入ってくる。

マリオ　Tudo bem?（大丈夫かい？）
ヘジーナ　Tudo bem.（大丈夫よ）
ミツル　そこの角でしゃがみ込んでる奴がいると思ったら。

ヘジーナ　（力なく）歩いてきたら、血の気が引いてまわりが真っ白……。
タツ　貧血だろ。ここさ座んなさい。
ヘジーナ　ありがとう。
謝花　医者の不養生だな。
ミツル　ええ！
謝花　いやいや。
義男　（出てきて）夜勤だったん？
ヘジーナ　夜勤明けに急患が続けて入って来て……。
ミツル　もう、夕方でねえか。十六時間労働だ。
謝花　本当にご苦労さんです。
マリオ　ママイは、ブラジルじゃあ、ちゃんとした医者だったんだ。
イネス　なのに日本では看護婦をやってる。どういうことだいね。
謝花　ブラジルの医師免許は日本じゃ通用しない。それを承知で来てるんだろう。
マリオ　運転免許ダメ。
イネス　教職免許ダメ、医師免許ダメ。
タツ　ああ、おらは調理免許、持ってねえけど、オッケー。
謝花　ブラジルで医者やるより、日本で看護婦やったほうが。給料が五倍だろうに。
イネス　タツさんはじっちゃと一緒に、ピメンタ農園で成功してやっとの思いでミツルさんをサンパウロ大学に入れたんさ。

タツ　で、「バンコ・ド・ブラジル」って銀行さ入った。銀行で、出稼ぎに行った日系人からの送金があんまり多いのをめっけて、ネクタイば棄てて、日本のちっこい工場《こんば》の作業服を着ました。

ミツル　日本で稼いでサンパウロに雑貨店を開こう。そのためなんだから、仕方ねえんでねえの。さあ、ヘジーナ、二階で寝てなさい。

タツ　大丈夫か。

タツは、ヘジーナを連れて、二階へ上がっていく。

イネス　私の親も渋川の百姓だったけど、大学に入れてくれた。ポルトゲースができなくて苦労したんで、無理をしてでも私を大学に入れてくれたんさ。最初の移民から八十年かかって、奴隷みたいだった日系人の中から、会社の社長も政治家も出てきたんだいね。

マリオ　せっかく築きあげた日系人社会を、パパイたちは自分で壊しているんだ。

そこへ、吉井、「マリオ、いい加減にしろ!」と入ってくる。

謝花　どうしたんです。

吉井　こいつは担当ラインの職長を殴って、ラインほったらかして、帰っちまったんだ。

謝花　職長を殴った?
マリオ　……。
ミツル　マリオ、どうしてそんなことしたんだ。
マリオ　昼の休憩の後、工場《こんば》に戻るのがちょっと遅れたんだ。あいつは、「コノヤロー」って怒鳴るんだ。
ミツル　遅れたおめが悪いんだろう。
マリオ　たった五分、遅れただけだ。
吉井　たったの五分だと。お前のラインには梱包からトラック積みまで十人だ。五分は五十分なのがわからんんか。
マリオ　ハン!　ボロ工場だから十人いるんだ。
吉井　ボロ工場だと。
マリオ　ブラジルの新聞、日本のソニー、トヨタの工場《こうじょう》、人間の代わりにロボットが働いている、書いてあった。お前の工場、古いからなんでも人間がやる。
吉井　そりゃあ、うちの工場の機械は旧式だよ。零細企業はオートメ化する資金がない。だから安い労働力が必要なんだ。だから……。
謝花　みんな我慢してんだよ、マリオ。
義男　移民は我慢。我慢。
マリオ　Na fábrica do Yoshii, todas as manhãs antes do trabalho eles mandam fazer ginás-

tica ao som do rádio e recitar versos budistas.（吉井の工場では、毎朝仕事前に、ラジオ体操をやってお経を唱えさせる。）

イネス　吉井さん。毎朝、工場でお経を唱えさせてるんかい？

義男　仕事前にお経かい？

謝花　般若心経でも唱えるの。

吉井　わしは宗教なんか押しつけてないぞ。

ミツル　ええ！

マリオ　Seiriseiton kireina syokuba. hinshitu kojyo kouritsu appu. Seiriseiton……。

みな、途中から笑い出した。

吉井　（イネスの台詞にかぶって）これで、日本に来て三年だとよ。

イネス　Limpeza, arrumação. Controle de qualidade, mais produtividade. Limpeza, arrumação…。

ミツル　ブラジルに行った日本人もコロニアの中で日本語ばかり話しとったよ。

マリオ　俺らは子どもじゃないんだ。

吉井　子どもじゃない？　日本じゃ子どもだって、お前が侑子を連れてづらかったら、ラインが一本止まることぐらいわかってますよ。お前のせいで、今もまだ日本人従業員が残業してますよ。

謝花　マリオ、君だって日本人の家庭に育ったんだろう。それぐらいわかれよ。
マリオ　俺はブラゼイロだ。日本人じゃない。
吉井　そうか？　じゃあ、ブラジル人は誰でも日本へ出稼ぎに来れっか？
マリオ　……。
謝花　入管法の改正で、日本で働けるのは、日系人とその家族だけなんだよ。つまり、日本国は君をブラジル人じゃない、日本人であると認定して、入国させている。
吉井　（ＣＤを取って）マルシアのお祖父ちゃんは世界恐慌の頃、ブラジルに渡ってポンカンやビワなんか作っていたんだそうだがね。マルシアは君と同じ日系三世なのに、聞いてみな。見事に日本人の心、演歌を歌いこなしている。
マリオ　ふん。
謝花　……へまをしてオシャカを出してしまったとき、日本人なら自分を恥じるんだ。ところがお前たちブラジル人は、すぐ機械や会社のせいにする。
マリオ　（机を叩く）
吉井　ブラジルは天然資源、広大な大地、ゴムやアルコールが豊富なのに貧しく、日本は天然資源も農地もないのに発展をしている。なぜだ。
マリオ　……。
吉井　悔しかったら、ブラジレイロだけで自動車を作ってみろ。
イネス　今度、北米ミシュランの社長になったのは、カルロス・ゴーンてアラブ系ブラジル人だよ。

吉井　本田宗一郎なら知ってるが、ゴーンなんてお寺の鐘しか知らねえな。
義男　自動車をツクリユースン（作れる）国が、そんなえらいんですか。
吉井　なんだと？　阿波根さん、あんたにそんなこと、言われたくないね。日本はこの正月に始まった湾岸戦争にいくら出してると思う。
義男　百億ドルとか。
吉井　そうだ。一兆円を超える金をポーンと投げ出した。
マリオ　イラクに爆弾を落とすのが、そんなに自慢できることか。
吉井　お前は、明日から工場に来なくていい。
マリオ　ええ？
吉井　わしの会社は、お前を必要とせん。

ミツル、突然、吉井の前に土下座する。

ヘジーナ　社長。そんなこと言わないでください。
マリオ　パパイ！

ヘジーナも、降りてきた。

吉井　お前らブラジル野郎には、協調性がない。連帯責任という考えもない。
ミツル　マリオには、きつく言い聞かせますから。
謝花　去年、この町の日系人は三百人たらずだった。それが、今年の末には千人を超える。君の代わりは何人でもいるんだよ。
ミツル　社長さん。許してやってください。お願いします。
ヘジーナ　社長さん。マリオはいい子なんです。ただ、慣れませんので……。
吉井　ダメだ。グズグズ言う奴一人出ると他の奴らも要求し出す。休憩時間を長くしろ。配置転換しろ。給料を上げろ。

そこで吉井の携帯電話が鳴る。

吉井　（電話に出て）はいはい。（と、喋りながら出ていく）吉井だ。なにぃ？
ミツル　ばあちゃん、言い聞かせてけれ。
タツ　オタンコナス。
ミツル　んだ。
タツ　この、もっけ！
ミツル　そう。
タツ　お前のことだ。（ミツルの頭をこづく）

ミツル　なして、マリオに言ってくれねえだ。
タツ　マリオの気持ちばわかるはんで。
ヘジーナ　何がわかるんです。
タツ　おめたちには、一世の気持ちなんかわからねえよ。おめだち二世にはな。
ミツル　マリオは三世だから、わがままなんですよ。
タツ　マリオはこの日本では一世だよ。遠い外国に来て、食い物も口に合わねえ。言葉もできねえ、喋れねえ。かちゃくちゃなのさ。つらいのさ。

吉井、戻ってくる。

吉井　（タツに）何ができるのでしょうか。
タツ　ラザニアです。
吉井　こういうものを食べているから、ブラジル人はエネルギッシュなんですねえ。（高く笑う）いやいや、ナガセさん。私もちょっと言い過ぎた。君が私んところのような零細企業でこの三年頑張ってくれたこと、評価しています。
マリオ　……。
吉井　生まれ育った国によって、生活習慣や文化がちがう。きみの悩みもわかるよ。
マリオ　ふん。

ヘジーナ　マリオ！
吉井　明日からもわが社で働いて欲しい。……な、頼むよ。この通りだ。
ミツル　マリオ！　社長さんもああ言っておられるのだよ。
マリオ　パパイ。俺、悲しいよ。……（吉井に）今、会社からの電話だろう。親会社から、いっぱい注文入った。明日からライン三本、全部動かす。そういうことだろう。
吉井　いやあ、理解が早くて助かるなあ。頼むよ。ね、これまでも私たちは家族同様に助け合ってやってきた。
マリオ　俺が狂ってんのか、日本が狂ってんのかわかんないさ。でも、もうダメだ。アデウース！
（二階に去っていく）

ミツルとヘジーナ、「マリオ！」と、追う。
タツは、台所へ行く。

謝花　大量発注、来たのかね。
吉井　ああ、明日から工場をフル稼働して、目一杯残業しても追いつかない。謝花さん、十人、なんとか都合してくれ。恩に着る。
謝花　やってみましょう。
吉井　じゃあ、私はこれで。

タツ　（ビールとコップをお盆に入れて出てきて）若いっていいねえ。さあ、一杯やろうや。
イネス　ばあちゃは心配じゃないんかい。
タツ　みんな好きに生きたらいい。どの道が正しかったかなんてわかりゃあせんもの。（謝花にビールを注ぐ）まあ、一杯。
謝花　いや、恐縮です。（と、コップを取る）

「Mario, espera ai（待ちなさい）」というヘジーナの声。
スーツケースを持ったマリオを追って両親が、階段を下りてくる。

ミツル　ひとりで帰るなんて非常識だよ。
マリオ　自分の国、棄てるなんて、非常識だ。
イネス　マリオ。ブラジルの経済はどん底なんだよ。
ヘジーナ　マリオ、ブラジルに帰りたいのはママイも同じ。ね、帰るときは一緒に帰ろう。
マリオ　我慢できないよ。アデウース、ばっちゃ。日本、来てはじめてわかった。俺はブラジル人なんだって。アデウース、ばっちゃ。
タツ　へば。（ちょっと手を振って）アデウース。
ヘジーナ　Ei, você.（ちょっとあんた。）

〈ジーナとミツル、イネス、マリオの後を追う。

タツ　謝花さん。パスポート、渡さねばいがったの。

謝花　まったくだ。

タツ　おらはブラジル男から誘われても、一度も乗ったこたあねえ。あいつら、約束を守らねえはんで。

イネス　シーロ、あんた、自動車教習所に通い出したんだって？

義男　お前、車を買うのか？

シーロ　悪いかい？　この町の若者たちは、ブラジル人あこがれの日本車に乗ってる。……僕らは二年働く予定で出稼ぎに来た。だが、四年経っても帰れない。人生で一番楽しい四年間が失われるなんてたまんないよ。

義男　ワッターー（わしら）がブラジルに渡ったこと自体がマチゲーヤタガヤー。（まちがいだったのかねえ。）

シーロ　そうだよ。僕は子供ん時からパパイに、日本はとっても貧乏な国だって聞いて育ったさ。日本に来るとき、トランジットで、ロス空港に降りたら、円高を利用してアメリカ観光旅行にやって来た日本の若者たち。それ見てる出稼ぎの僕たち日系人。

義男　ワッターがブラジルに行かなければ、お前もあんな生活ができた。そういうわけか。

シーロ　餓鬼は親を選べない！（ギターをかき鳴らす）

謝花　シーロ。戦後のブラジルへの第一次移民団の半数近くは、君の親爺さんたち、沖縄の農民たちだったサー。
義雄　そう。アメリカーに土地を取り上げられたのは昭和三十二年ヤタサ。
シーロ　で、「はい、そうですか」って、家と田圃を渡したのかい。
義男　アメリカ軍は地代《ぢでえ》は払うと言ったけれど、ワッターヤ「金は一代、土地は末代」ティー抵抗したさ。
イネス　それでブラジルに行ったんだ。
義男　皇太子のユミーヤ正田美智子さんに決まったと日本中がサワジョーン（大騒ぎしてた）夏だった。
謝花　昭和三十三年だ。
義男　那覇の港で移民船を見た時はにはたまげたさ。こんなおんぼろ船で、地球の裏側ンケ、イカリーガヤンチ（行き着けるのか）。ウチナーの十家族六十人を乗せたチャンチャレン号は、ふたつき、かきてぃサントス港に着いたさ。
タツ　沖縄の阿波根さんの土地、いま、どうなってるんだ。
謝花　アメリカ海兵隊のキャンプ瑞慶覧さ。……今年の正月、「サンパウロの丘」からは、イラク爆撃に出撃する米軍機が見えたそうです。
タツ　沖縄にもサンパウロがあるのかい？
謝花　昔は安保の丘って呼ばれてましたげ、今じゃ、本土からミリタリー・マニアの若者たちが米軍機撮影したり、迷彩服を買い込んでますよ。

シーロがギターを弾いて、義男が歌い出した。

義男　見捨てられても　私は
あなたに未練は残しゃせぬ
白菊牡丹の花よりも
まだまだ立派な　花がある

タツ　そうだ。明日はゴーヤ・チャンプルーば作るが。

謝花　ペルーでな。日本料理って言えば、昆布の千切りと野菜や肉を炒めたクーブリチャーと油で揚げた豆腐の入ったチャンプルー。ペルー移民の八〇パーセントがウチナンチュウーだからさ。

シーロ　一銭二銭のハガキさえ
千里万里と旅をする
同じコザ市に住みながら

そこへ、ミツルとヘジーナ、戻ってくる。

タツ　行ってまったか。

ミツル　うん。
ヘジーナ　知り合いの日系人の家にでも転がり込んで、飛行機の切符、取るんだろうか。困ったねえ。
タツ　さっさと親離れしてくれる息子を持ってよかったな。ヘジーナ、マリオの旅立ちば祝って乾杯《かんぺ》と行こうじゃないか。
ヘジーナ　お義母さん、平気な顔して。

そこへ、吉井が駆け込んでくる。

ミツル　ああ、社長。
ヘジーナ　すみません。
吉井　マリオがまたあの子を連れだしたんさ。いま、女子寮じゃ大騒ぎだがね。
ヘジーナ　ええ、侑子ちゃんを？
吉井　そうだ。早坂侑子だ。どこに行ったかわからんか。
ミツル　はい。

シーロがギターを弾き出す。

タツ　社長さん。このミツルは、ヘジーナを口説き落とすのに五年もかかったんですよ。そけいくとマリオはけっぱったもんだ。一年とちょぺっとで侑子ちゃんひっさらって海の向こうへ駆け落ちだ。

吉井　ブラジル、帰っちゃったのかい?

タツ　ほれ、シーロもけっぱらにゃあ。

シーロが「十九の春」を歌い出した。

二幕

四場

一九九三（平成五）年、十月。
近くの学校から、「夕焼けこやけ」のチャイムが聞こえてくる。
ヘジーナが段ボールを体重計に乗せて計っている。

ミツル　野菜の皮むきとスライサーかい。
ヘジーナ　向こうにないんですもの。
ミツル　こんなに送ったら、送料のほうが高くつくんじゃないのかい？
ヘジーナ　航空運賃が三十五万円から十五万円に下がったから。（段ボールを持って秤に乗って）二十キロ。これでよしと。よっこらしょ。（と荷物を下ろす）ここにね、「Bagagem de Mudança」、引越し用荷物って荷札を張っておけば、通関で開けられないのよ。

そこへ、タツが入ってくるので、あわてて荷物を隠す。

タツ　（手紙を開けながら）マリオからの手紙な。眼鏡が見あたらないから、読んでけねか。
ミツル　眼鏡じゃなく、ポルトゲースだからでしょう。（手紙を開く）「ええと、現在はアリアンサの弓場農場をやめて、トメ・アスーの果実農園で働いています」作っているのは、「アボカド、パ

イナップル、スモモ、さくらんぼ。それに、柿と金柑。手広くやってるじゃないか。（ヘジーナに渡す）
タツ　侑子ちゃんはどうしてるって。
ヘジーナ　真っ黒に日焼けして元気でやっていますって。……ええと、パパイが山形の実家に謝りに行ってくれたこと、感謝してますだって。
ミツル　いい気なもんだね。
タツ　（体重計を見て）あれ、なにを計ってたの。
ヘジーナ　（乗って）今年からはじめた付き添いの仕事、あんまりきついんで痩せたと思ったら、やっぱりデブでした。
タツ　だら、すき焼き、遠慮するかい。
ヘジーナ　あら、今晩、すき焼きですか。
タツ　今夜、耕筰が食料雑貨店開く金ば持ってきてくれるって言うから。洗濯物。洗濯物。（二階に行く）
ヘジーナ　あなた、お義母さまにいつ言ってくださるの。
ミツル　……。
ヘジーナ　お義母さまに隠れて、持って帰る荷物、作るなんて嫌よ。
ミツル　お袋を一人置いてくと思うとなあ。
ヘジーナ　置いてくなんて言ってないじゃない。私たちは帰ります。一緒に帰りましょうって言えばいい。残るかブラジルに帰るかは、お義母さまが　決めることだもの。

ミツル　日本語の通じる国のほうが居心地がいいんだろうな。

ヘジーナ　先月マリオが寄越した絵はがき、あんたも見たでしょう。景色も人の心も広々してる。マリオはね。石油ストーブもクーラーも必要ない国に今、住んでるのよ。……日本人からデカセギ、デカセギって言われているうちに、卑屈になってる自分がいる。

ミツル　僕の大切なヘジーナが、花がしおれるみたいに生気を失って行くのを見るのはつらい。

ヘジーナ　大学の友達が書いてきた。日本から帰ったブラジル人の三〇%が、精神障害にかかっているんですって。

そこへ「お久しぶりです」と、小さな紙袋を持った耕筰。

ヘジーナ　あら、いらっしゃい。

耕筰　お袋は?

ミツル　楽しみにしてたぞ。孝行息子のために、今夜はすき焼きだって。

ヘジーナ　お陰様で「イパネマの娘」大繁盛みたい。さ、どうぞ。

耕筰　景気、わりのに、ブラジル人減らねのが。

ミツル　景気が悪い。親会社はコスト削減を要求する。下請けは、日本人ば切って日系人に切り替える。その日系人の給料も大幅ダウンだ。ブラジルさ帰ろうがと思ってら。

耕筰　ほう。んで、お袋は承知したのが。
ミツル　シッ！　二階に……。そのごとなんだよ。やっぱりお袋さしてみれば、日本のほうが住みやすい。
耕筰　商売もうまぐ行っててらし、へば、なおさらだな。
ミツル　そいで、おめに相談なんだが……。
ヘジーナ　どうぞ。（お茶を出す）

沈黙。

耕筰　ああ。自分だぢは、ばっちゃ残してブラジルさ帰る。したはんで、日本さ住んでら、おめが面倒をみろ。こういうことか。
ミツル　まあ、そういうごとだ。
耕筰　無理な相談だ。知ってるだべ。日本の土地が暴落してるぐらい。いい気になって土地ば買いあさった銀行は八兆円の不良債権抱えてウンウン言ってる。その尻馬に乗ったワは借金地獄だ。
ミツル　お袋はお前が、ブラジル式雑貨店の資金を出してくれるって、喜んでたぞ。おらとちがって耕筰は見所があるって。
耕筰　土地で稼いだあぶく銭は、泡と消えてまったよ。それを今日はお袋様に言いに来たんだ。これ、お詫びのしるしのケーキ。

ミツル　そうか。
耕筰　ワも家財まとめてアマゾンに移住せんとならんかも。
ミツル　来なせい、来なせい。歓迎するはんで。
耕筰　お袋さん、置いて帰っちまうのかい。ブラジルにゃ親孝行って言葉、ないのかね。
ヘジーナ　親不孝はどっちよ。お金持ちになった日本人は、両親の介護を自分たちでやらない。家族のきずなの薄れた日本で、死に水を取りたがらない家族に代わって今日もご遺体を二つも整えてきましたよ。
耕筰　おらだぢの日本は親不孝の国になったわけだ。
タツ　（二階から降りてきて）声がすると思ったらやっぱり耕筰か。よく来たねし。
ヘジーナ　ケーキ、頂きました。
耕筰　ああ、それがさ……
タツ　話はあど、あど。ヘジーナ、お茶。ミツル、二階に甘納豆があったべ。

ヘジーナは台所へ、ミツルは二階に。

耕筰　母さん。実は困ったことになってな……。
タツ　あのな。ミツルとヘジーナ、帰るらしいんだよ。
耕筰　ええ！　ブラジルへかい。

タツ　（段ボールを指して）まいにぢ、荷物ば作ってら。
耕筰　じゃあ、母っちゃも一緒に帰ればいいべな。
タツ　だけどねえ……。

そこへ、吉井がガラス戸から「タツさん」とやってくる。

耕筰　ああ、社長。
吉井　そこの畑ね。今から蒔ける野菜、なんかあるかね。
タツ　ねえこたあ、ねえがですが、なにか。
吉井　俺んところも景気が悪くなって、アパート建てるどこじゃなくなっちまってね。
タツ　今年に入ってこの町でも、三つ、工場が倒産したかんね。
耕筰　細川連立内閣も、何考えてんだか。
吉井　わが社もアップアップだがね。今までの利益率、半分にまで落ち込んでいるんだ。

「シェゲイ」と段ボールを持ったシーロと義男とイネス。

イネス　ボアタルジ。
シーロ　みんなで金、出し合ってビデオ・デッキ、買ったんです。

吉井　ほう。豪勢なこったな。あ、わかった。大河ドラマ「琉球の風」を録画してブラジルの知り合いに送る。当たりだろう。
シーロ　島津藩の侵攻を受けた時代の苦難なんかどうでもいい。どうして、今の沖縄の苦難をやんないのかって、親爺は見やしません。
耕筰　沖縄の人が見ないぐらいじゃ、視聴率、悪いわけだ。
ヘジーナ　（お菓子を持ってきて）お茶をどうぞ。
イネス　ビデオでね。ニュースを見るんさ。
吉井　ニュースならテレビで見れるじゃないか。
ヘジーナ　南米は、地球の裏側にあるアメリカのもっと先。つまり、地の果てだから、誰も興味を示さない。
義男　吉井さん。ヨーロッパや太平洋が戦場だったときも、ブラジルはずっと蚊帳の外。戦争が終わってから、ブラジルの農産物が世界中の飢えを救ったさ。だから、ワッターラ、ウチナンチューは基地のために農地をつぶしたりする必要のない地の果てへ行ったのさ。
吉井　地の果てか。
イネス　みなさん。九月十一日は、なんの日でしょう。
吉井　九月十一日？　ブラジルがポルトガルから独立した日かい。
イネス　いいえ、一九七三年九月十一日、チリのアジェンデ大統領が左翼的だと、アメリカのＣＩＡがピノチェト将軍に金を渡して、三千人の市民を虐殺した日なんです。南米の人は、９・11にアメリカのやったことを忘れないさね。
ミツル　（菓子を持ってきて）はい、甘納豆。アメリカの裏庭の中南米で何が起ころうと、日本のテレビは報道しない。
義男　だから私たちは、衛星放送を録画した一週間のテープを貸し借りしてブラジルの一週間遅れのニュース番組を見るんです。
タツ　ブラジルだって、同じさ。おらたちが紅白歌合戦見るのは早くて四月、もたもたすりゃあ十月だった。
吉井　紅白を十月に見るの。
タツ　サンパウロの日本語新聞が十日も遅れ、日本からの新聞は一か月遅れだ。
イネス　このお正月から日本のテレビっていえば、どこのチャンネルでも小和田雅子さんばかりだがね。
吉井　小和田雅子さんは、三高で大人気ですから。
ヘジーナ　サンコウ?
吉井　身長、学歴、収入が高いことを言ったんだがね。わしは中学しか出ておらん。それでも……。
ミツル　小和田雅子さんはハーバード大学を卒業した外務省のキャリアだからね。
タツ　おらは、あの結婚には反対だね。
吉井　ええ、どうして?
ミツル　ばっちゃは、外務省の役人はみんな嘘つきだって。なあ。

タツ　ああ、嘘つきの集まりだ。
吉井　外務省は嘘つきの集まり。そいつあ初耳だ。
ミツル　一家族十八ヘクタールの土地が用意してあります。家も学校もあります。病院も道路も農具から野菜の種も肥料もちゃんとありますって嘘ばついて、荒れ地におらたちを棄てたんだ。
吉井　嘘だったの。
タツ　なんぼ石灰を撒いても、大雨が降ると鉄分含んだで畑はまっ赤になる。。蚊がぶんぶんいてな。アマゾンに入ったその年にミツルがマラリアに罹ったさ。息もできなくなった子を抱えて、どうすりゃあいい。
吉井　医者はいなかったの。
タツ　じっちゃがミツル担いで河まで走って、通りかかる船二日も待ってさ。やっと船に乗せてもらって四日かかって病院に担ぎ込んださ。おらたち、三年頑張って全員がジャングルから逃げ出したんだ。
ミツル　（怒りにふるえて）そしたら、移住国の法律に従って現地に同化しなきゃならんと言いやがった。
吉井　郷にいれば郷に従えっていいますからな。
ミツル　南米の僻地に同化するってことは、裸足で歩くことなんですよ。
タツ　掘っ建て小屋にはランプもなく、石油の入った瓶に布きれ突っ込んで……。まわりには蛇やトカゲやヒルがうじゃうじゃいてさ。……役人は信じられねえ。

義男　移民たちはな。外務省と聞くと、みんなぶっ殺してやりたいとウムートーイ。
吉井　でも、それは小和田さんが外務省に入る前のことでしょうが。
イネス　炭鉱が次々に閉山になった時、外務省は炭坑夫たちを、ペルーやドミニカに送ってるんです。
吉井　だから、それは小和田さんが外務省に入る前の……
タツ　ジャングルん奥に連れて行かれて、道はどこですかって聞きゃあ、ああ、道路は自分でつけてくださいだ、外務省は。もう、アマゾンには帰りたくねえんさ。

耕筰、「あっ、そうだ」と立ち上がる。

タツ　耕筰、帰るんなら約束の金、置いてけ。
耕筰　車さ携帯、忘れて来た。（出ていく）
ミツル　日本の農村じゃ、ずっと小作人たちがワジワジしちょーん。だから、日本政府は、移民一人あたり百円ぐらいで地の果てにヒテられるならヤシーもんだって……。
タツ　ありゃ、いつだったかねえ。今の天皇さまがブラジルにいらしてくださったのは。
義男　笠戸丸から七〇年のお祭りだから、一九七八年だ。
ミツル　皇太子殿下がいらしたというんで、ブラジル全土から八万人の日系人が一張羅を着て集まったさ。パカエンブ球場の式典に出たもんたちは、日本国はわしら移民ば見捨てたわけじゃなかったんだってみんなして泣いたよ。

タツ　この四月に、新しい天皇さまは、沖縄にも行きなすったじゃないか。
吉井　そう。天皇の沖縄訪問は、神武以来のことじゃないですか。
義男　天皇様にキティムラワンティン、シムン。大河ドラマで琉球の話、トゥリアギランティン、シムン！（二階に上がっていく）

そこへ、「シーロ。届いたぞ」と、楽器を持った謝花。

ミツル　なんですか。
シーロ　サンパウロから、楽器を送ってもらったんですよ。
謝花　毎年七月の祭りにお神輿や山車が出ますでしょう。で、来年から、この町の日系人たちでサンバ・カーニバルを出したらどうかという意見が、役場の国際交流課と雇用促進協議会で持ち上がりまして。
イネス　私たちは、日系人の住みやすい町にするために努力を重ねてきました。役場はポルトガル語の刊行物を出し、役場にもポルトガル語のできる職員を配置しました。で、日系人は日本語ができなくても、その町に住めるようになりました。
吉井　その結果、日系人は日本人とまったくかかわりを持たずに勝手に生活するようになっちゃいました。
シーロ　日系人は、カーニバルの日にブラジル各地で盆踊りをやりましたね。ならば、その逆もあっていいのではないかと。
ミツル　二世、三世は「炭坑節」より、サンバだきゃ。
吉井　ですから、みなさんにサンバ・パレードをやっていただけたらと。
ヘジーナ　打楽器はどうするの。
シーロ　それで、パンデイロとかカイシャとか打楽器を取り寄せたんですよ。
謝花　シーロ・阿波根さんの指導で半年かけて稽古をしようってことになりまして。
ヘジーナ　面白そうじゃない。やろう、やろう。（シーロに）さあ、運ぼう。

シーロと吉井、出ていく。

タツ　あら、おめだぢ、来年の七月まで日本におるんだか？
ヘジーナ　ハハハハ。義母さん、知ってたんだ。

イネスと謝花、出ていく。

タツ　（窓の外を見て）誰だ。そこに隠れてんのは？

マリオと侑子、「到着」とスーツケースを持って入ってくる。

ミツル　マリオ！
二人　シェゲイ！（縁側に倒れ込む）
ヘジーナ　（ガラス戸を開けて）なにやってんだい。早くお入り。

マリオと侑子が、入ってくる。

マリオ　帰って来ちゃった。
侑子　ご心配、おかけして……。
タツ　仕方ないな。（台所に去る）
ヘジーナ　果実農園がうまくいってるって手紙、さっき着いたばかりだよ。
マリオ　パパイが、心配する。いやだ、思って。
ヘジーナ　……。お前のジャポネース、一年でひどくなったな。
マリオ　百ドルかけて作ったコーヒー、全滅。
ヘジーナ　トメ・アスーがだめで、どうしたの。
侑子　先月、仕方なくサンパウロに出て、私はやっと食堂の仕事を見つけました。マリオはその食堂のオーナーの紹介で近所の工場にやっと入ったんだけど、一週間で喧嘩。すぐやめさせられて。
ヘジーナ　ブラジルでも喧嘩してきたのか。

マリオ　あいつら朝、会社に来ると、まずコーヒーを飲んでおしゃべりだ。
タツ　（握り飯を持ってきて）そこがブラジルのいいところでねえか。腹、空かせてるんだろう。
侑子　ああ、おにぎり。（ほうばって）マリオは毎日、工場から帰ってくると「工夫すれば、もっと効率あげられるのに」って、もう文句ばっかり。
ミツル　（笑って）その文句を工場で言ったんだろ。
侑子　そう。「お前ら、そんな働き方してるから日本に負けるんだ」って言ったのが命取り。もう、工場の誰も口を利いてくれなくなって。
マリオ　（握り飯を食べながら）奴らは仕事ってのがわかってないんだ。
ミツル　（笑いが止まらない）……長峰さんの顔をつぶした。侑子も居づらくなった。
マリオ　サンパウロ、疲れる。いつも荷物を取られる、心配する。
侑子　びっくりした。インフレがすごいから誰も貯金しない。早くお金を使わないと、どんどん目減りする。……普通のサラリーマンでも拾った物は自分のモノ。時間にルーズ。

そこへ、シーロたち、楽器を運び込んでくる。

シーロ　ええ！　お前、帰ってきちゃったの。
マリオ　ブラジルは住める所じゃなくなってた。
ミツル　また喧嘩して追い出されたんだってさ。

謝花　どこへ行ったって同じだよ。
マリオ　警官だけじゃなくお役所の公務員がみんなストをするし、賄賂をよこせって。
謝花　シーロ、始めよう。
シーロ　みなさん。僕たちは、歓びにみちた人生を知らない日本人にサンバを教える使命があるんです。
謝花　これタンバリンでしょう。
シーロ　これは、Pandeiro. 似てますが、この鈴の部分がちがいます。
吉井　これは、どう使うの。
シーロ　クイーカ。（こすって音を出す）
ヘジーナ　シーロ、わたしら日系人にゃ、打楽器は無理なんじゃないかね。
シーロ　日本の人たちは、日本の歌謡曲とサンバはまったくちがうものだと思ってらっしゃるんじゃないですか。
謝花　ちがうでしょう。
シーロ　（ギターを手にして）いおいお、日本の歌謡曲はカーニバルのサンバのリズムによく合うんです。吉井さん。「東京ラプソディー」知っているでしょう。
吉井　ああ、知ってますよ。（歌う）花咲き花散る　宵もぉ。
シーロ　サンパウロで日系人の集まるクラブの定番が「東京ラプソディー」。ヘジーナ頼むよ。みなさんは、最後の「楽し都」ってヘジーナが歌ったら、「楽し都」ってリフレインしてください。

ヘジーナが歌った。

ヘジーナ　花咲き花散る宵も
銀座の柳の下で
待つは君ひとり　君ひとり
逢えば行く　ティールーム
楽し都

全員　楽し都

ヘジーナ　恋の都

全員　恋の都
夢のパラダイスよ　花の東京

そこへ、玄関から耕筰。

耕筰　肉、買ってきましたよ。（二人に気づき）あら、お二人さん、パラダイスにいらしたんじゃないの。

ヘジーナ　明けても暮れても歌う

ジャズの浅草行けば

耕筰　（鞄から銀行の封筒を出してタツに）お袋、これ、お約束の二百万。

タツ　これで、食料雑貨店が開ける。

ヘジーナ　恋の踊り子の　踊り子の
　　ほくろさえ　忘られぬ
　　楽し都

全員　楽し都

ヘジーナ　恋の都

全員　恋の都

ヘジーナ　夢のパラダイスよ　花の東京

五場

一九九四（平成六）年、梅雨の季節。

積まれた段ボール。ブラジルと日本の国旗。

ジャンパーを着た義男が、段ボールの箱に商品を詰めている。侑子が携帯電話をかけている。

イネスは、ポルトガル語の新聞、雑誌を切り抜いている。

侑子　（携帯電話に）はい。それからイタリア産トマトソース、五ダース。スペイン産、オリーブの瓶詰め三十ダース。以上です。……はい、よろしく。（電話を切る）
義男　ありがとう。
侑子　パルミットって何ですか。
義男　肉料理の付け合わせサ。
イネス　私らも、ブラジル食材の輸入会社ができて大助かりなんさね。
侑子　あれ、「イパネマの娘」じゃ、ジーンズも売るんですか。
義男　「ズンピフォールン」て、ブラジルじゃ若者に人気のジーンズ。
侑子　繁盛してていいですね。（イネスに）何やってんですか。
イネス　ブラジル人に必要な情報を切り抜いてくばるんだがね。タイトルは「ミソ・コン・ファアリニャ」。えー、「味噌と小麦粉」って意味だね。

侑子　（切り抜きを取って）ふーん。

イネス　こっちは日本各地の求職情報。バブルがはじけてさぁ、製造業はダメになったんべ。不景気のときには、食品やサービス業が強いんさ。茨城のお弁当屋、埼玉のゴルフ場。新潟の旅館。福岡の病院。

義男　それに、ゴルフ場のキャディー。ガソリンスタンド、ガードマン。

侑子　じゃあ、今や日系人は、日本中に散らばっているんだ。

義男　（合羽を着て）アンセー（さて）、遅れるとイパネマの婆さんに怒らいる。

義男は、段ボールを持って出ていく。

そこで、携帯が鳴る。

侑子、あわてて携帯を取る。

イネス　ああ、私の携帯。（携帯電話を取って）もしもし……。Alo. オー、マルタ。Entendi, diga quais são seus sintomas…（わかりました。あなたの症状を言ってください。……）Me passe para o doutor.（お医者様に代わって）もしもし、先生ですか。マルタは、お腹が痛いと言っています。昨日、食ったもん。マルタさんに代わってよ。Maruta, ontem você não comeu nada estragado?（マルタ、昨日はなにか悪いものを食べなかった？）

そこへ、マリオと謝花が入ってくる。

侑子　今日は。

イネス　友達にもらって食った弁当がいけなかったのかもしんないと言ってます。ええ、梅雨時だかんね。はい。よろしく。（切る）

謝花　携帯電話で医者と患者の通訳までするのか。大変だなあ。（封筒を渡して）これ今日中に翻訳頼むよ。

イネス　先月さ、賃金不払いで企業と交渉してさ、二十人分百八十万円を企業に出させたんさ。交渉にかかった実費だけしか請求しなかったのにさ。なんのかんの言って、みんな結局ブラジルに帰っちまいやがった。

謝花　ひでえ話だなあ。夫婦喧嘩の仲裁までさせられるそうじゃないか。

イネス　日本語がろくにできない三世が日本の女の子と結婚するからね。

マリオ　イネス！

謝花　いよいよ、ご結婚だそうで、おめでとう。

マリオ　それが、めでたかあないんだ。

侑子　私はマリオ・永瀬と結婚するんだから、永瀬侑子になると思っていたの。そしたら役場の人は、あなたは日系人の妻だから、永瀬はカタカナのナガセになるって言うの。

謝花　いや、そりゃあねえ。

侑子　もし子供ができて、学校に行くときにカタカナ姓じゃ具合悪いでしょうと言ったら、そんなら日本に帰化しなさいって。

マリオ　帰化って簡単にできるの？

イネス　家庭裁判所に戸籍謄本とマリオの外国人登録書を持っていけばいいんさ。でもその時、カタカナの名前を……たとえば、真理の夫って漢字にすんのさ。

マリオ　ああ、それだ。今度入った工場の出勤簿には、漢字で永瀬真理夫って書いてある。（侑子に）なあ。

謝花　中曽根印刷だったね。

侑子　真理に夫。真理子ってのはあるけど、真理夫なんて日本人いないでしょ。

イネス　どうして勝手に漢字にするんだ。

謝花　たとえばだな。親会社の社員が中曽根印刷の工場に来て、出勤簿を見る。その時、ズラーってカタカナが並んでいると日系人が多いこの工場からは、不良品が出そうだから取引をやめようってことになるだよ。

マリオ　不良品が出るとブラジル人のせいにされるんだ。

イネス　日本式の名前を名乗らないと帰化できないんさね。サッカーのラモスはラモス・瑠偉ってルイだけ漢字。

謝花　戦前の朝鮮人台湾人の創氏改名だね。

侑子　帰化するって、どうしてそんなにめんどうなんですか。

謝花　そりゃ、万世一系の天皇さまの統べられる国の国民になるんだから。
マリオ　滑られるって、天皇陛下、スキーできるの。
イネス　帰化って言葉、辞書で引いてみなね。都から遠く離れた山奥や島に住んでいた野蛮人が、天皇陛下の徳にふれてその支配下に入るってあるから。
謝花　へえ、そうなの。

イネスの携帯が鳴り、ポルトガル語で話し始める。

イネス　Faça ele ir á escola! Senão, vai virar um delinqüente!（学校に行かせなさい。不良になってしまいますよ。）（電話を切る）
マリオ　ルイス。また学校に行きたがらないの。
謝花　わが町は、全国に先駆けて小学校に日本語学級を作ったのになあ。
イネス　下のゴンザレスは小学校一年生から入ったから授業についていける。でも、ルイスは十歳になってたから、授業についていけないんさ。だから、家に籠もりっぱなし。そのうち、昼間っからぶらぶらしている不良グループの仲間になっちまう。
謝花　高崎警察は日系人の子供たちの犯罪で大忙しだって言うからな。
イネス　したっけ、日本語がうまくなったゴンザレスは、私たちがブラジルに帰った時、向こうの学校の授業についていけなくなる。今度は、サンパウロの町で不良になっちまう。

シーロが、びしょぬれの傘を持ったまま駆け込んでくる。

シーロ　大変だ。「イパネマの娘」の店の前で喧嘩です。
謝花　ええ、喧嘩かいね。（立ち上がった）
ルイス　誰と誰の喧嘩？
シーロ　日系人と日本人が喧嘩始めて……。
イネス　ええ！
シーロ　お店のガラスが割られたんです。日系人も警察に連れてかれたから、お願いします。
イネス　わかった。（レインコートを着る）
マリオ　俺も行く。（立ち上がる）
謝花　（押さえて）待て待て。お前さんが行けばよけい騒ぎになる。

シーロとイネス、出ていく。

謝花　やっかみだね。「イパネマの娘」は、去年つぶれた日本ソバ屋を改装してる。そこが日系人のたまり場になって繁盛してる。長くこの町に住んでたもんは、悔しいさ。
侑子　どうして繁盛しちゃあいけないの。

謝花　よそ者だからさ。ペルーの首都リマで、わしの親爺たち日系人は頑張って商売は繁盛した。それをやっかんだ現地の奴らは暴動を起こしたんだ。わしら日系人の店を襲って商品をかっさらい、家財道具まで持ち出した。とってもも住んでられんと、わしら五十四家族二百十六人が日本に帰ったんだ。

マリオ　謝花さんも日本に帰らずにがんばれば、ペルーの大統領になれたかも。

謝花　惜しかったなあ。（出ていく）ちょっと俺も様子見てくるから。

マリオ　お前、俺が帰化して日本国籍になってくれればいいと思ってんだろう。

侑子　あんただって、梅雨なんかないブラジルに戻りたくなったんでしょう。

沈黙。

マリオ　……。（イネスの置いていった切り抜きを見る）なあ、神戸に行こうか。……ほら、これ。Mar-mita。

侑子　（手にとって）お弁当の工場。食べ物屋さんて、不況に強いんだって。

マリオ　神戸に行ったエドワルドがね、昔から、たくさん外国人が住んでた神戸はブラジルに似てて、人種差別が少ないって。

侑子　でも、中曽根印刷、やめたら謝花さんが迷惑する。

マリオ　サイダンキの使い方さえろくに教えないで、いきなりやらされたんだぜ。バシャ。ちょっと気を抜いたら（手首を指して）こっから先がなくなる。
侑子　いやーあ。

ガヤガヤとヘジーナと吉井。怪我をした義男を、シーロと謝花が担ぎ込む。

義雄　たいしたことはない。
マリオ　どうしたの。
ヘジーナ　マリオ、救急箱。侑子、タオル絞って。
二人　はーい。（台所へ）
謝花　イネスは？
ヘジーナ　日系人も、四人連れていかれたから警察に行った。
シーロ　これ、チョコレートケーキ。箱が壊れちゃったから、食べちゃおう。
謝花　シーロ！　どうして喧嘩になったの？
吉井　ワールドカップで、ブラジルが優勝したのがまずかった。
シーロ　「イパネマの娘」で、ピンガを飲んで酔っぱらった日系人たちがどんちゃん騒ぎを始めたんです。
侑子　（タオルを持って出てきて）日系人は、サッカーなんかで馬鹿騒ぎしないって言ってたじゃない。
シーロ　ブラジルに暮らしている間はそうだ。でも、日本に来ると突如、緑と黄色の国旗の色に心が染まる。（ブラジル国旗を手に）ホマーリオ、ホマーリオ！

マリオが救急箱を持ってくるので、ヘジーナが手当を始める。

侑子は台所へ。

吉井　そこへ通りかかった日本の高校生が、（日の丸を手にとって）「日本にも三浦カズってすごい選手がいるんだ」って言ったんだ。

シーロ　（ブラジル国旗を振って）日本のサッカーなんて幼稚園だあ。

吉井　（日の丸を揚げて）「いやあ、ドーハの悲劇さえなければ、日本は決勝進出していたんだぞ。」

ヘジーナ　（消毒をしながら）ロスタイムでイラクにゴールを決められたなんてね。

シーロ　（旗を揚げて）日本が、段違いに強いイラクと引き分けたのは、審判がイラクいじめをしたからだ。

吉井　なんだと！（日の丸でシーロの頭を殴る）イラクが勝ったところで、アメリカに入国なんかできやしなかった。

シーロ　おい、気をつけてものを言え。湾岸戦争の時、イラクの日本人人質を解放したアントニオ猪木は、十四歳でブラジルに移民したんだぞ。この八十年、ブラジルは何十万の日本移民を受け入れてきたんだ。この町に三千人ぐらいが来たからって日本人は大騒ぎするな。

謝花　アメリカは十六万人のカンボジア難民受け入れた。フランスとカナダは五万人。金持ち日本国が受け入れたのは、すごいぞ、六十二人。
シーロ　この町は地方交付金をもらってない金持ちだ。それは誰が稼ぎ出したと思ってるんですか！
吉井　お前らがブラジルに送金している二千万ドルは、ブラジルのコーヒー輸出額の千二百万ドルを越しているんだぞ。日本に感謝しろ。

と、旗で殴り合い。

謝花　吉井さん、よしなさいって。
義男　回りに集まってきた野次馬の誰かが日系人に投げた石が「イパネマの娘」のガラスをガチャーンと割った。ガラスが割れてから、キャーキャー泣く人。怒鳴る人。興奮が一気に広まって、群衆が店ん中に乱入した。
吉井　それを止めようとした阿波根さんが殴られた。
侑子　（台所から出てきて）お茶が入りました。お饅頭、食べてください。
謝花　……この町は田舎町にしちゃあ、よそもの慣れしてるはずなんだがね。戦中は、零戦作ってた中島飛行機の工場があってね。朝鮮人徴用工がたくさん働いていましたなあ。
吉井　……戦に負けて中島飛行場は米軍の兵器修理工場になって、日本各地からたくさんの出稼ぎとパンパンがやってきた。
侑子　パンパンてなんですか？

義男　ああ、パンパンも今や死語ですか。
謝花　（立ち上がった）うーん！
侑子　なんですか。
謝花　因果は巡るんだ。阿波根さんが米軍に沖縄の土地取られてブラジルに渡ったのが昭和三十三年。その翌年に、米軍がこの町から沖縄に出ていった。米軍基地跡地へ、五十三万ヘーべに大利根工場団地ができて企業城下町になった。そこへ沖縄を追い出された阿波根さんが出稼ぎに来て、またまた踏んだり蹴ったりだ。

そこへ、ミツルとタツが帰ってくる。

ミツル　阿波根さん、とんだ災難でしたな。
タツ　どんだ？
ヘジーナ　（義男の顔にガーゼを張って）単なる打撲です。
マリオ　ばっちゃ、お店は。
タツ　お菓子を持ってかれたぐらいで、かわいいもんだきゃあ。
ミツル　かわいいって、店ん中、滅茶苦茶じゃないか。
吉井　（レインコートを着て）謝花さん。復旧工事は私らでやるべいよ。
謝花　ああ、そうだね。現場を見てきましょう。

タツ　すみません。
ミツル　どうも。

二人、去る。

タツ　なあ、阿波根さん。今年のナタールにはパネトーネを作れば売れるぴょん。
侑子　なんですか、ナタールのパネトーネって。
義男　クリスマス用パンケーキやさ。
タツ　それから手作りのリングイッサを作ろう。
マリオ　ばぁちゃ、強気だねえ。
タツ　知らねえ土地でひっぱたかれても、こづかれても死ななかったさ。
シーロ　父さん、二階で休めよ。
義男　（起きあがって）雑草は踏まれて強くなるんだよ。アガガ（イテテテ）。

シーロと義男、二階に上がっていく。

マリオ　ばっちゃ、お金は、取られなかったの？
タツ　（腹を叩いて）しっかとここさへえってる。

マリオ　ねえ。泣き寝入りするこたあないよ。
タツ　マリオ、おらたちはこの国の居候だよ。居候はいつもじっと我慢だ。
ミツル　ママイ。やっぱり帰ろうか。
タツ　……。
ミツル　おらたちはこの国に受けいれてもらえてないんだよ。
タツ　帰りたかったら、帰ればいいさ。
ミツル　母ちゃもいっしょに帰ろうよ。
タツ　……おらは日本で生まれの一世だはんで……。
ミツル　わかってますよ。
タツ　わがってないよ。一世は二年帰らねば、ブラジルの永住権、切れでしまうんだ。
ミツル　あっ、そうか！　そいだば、とっくに切れでるでねが。
タツ　ぬけ作。
ミツル　なして、切れる前に、言ってくれなかったんだ。
タツ　（お菓子を持って仏壇に行く）前の天皇さまば亡くなりなさった年、ブラジルはとんでもねえインフレで帰れんて……。だからだよ。ヘジーナにじっちゃのお骨を持ってきてもらったのは。（チーン）

沈黙。

タツ　ブラジルに帰れば、ヘジーナだって立派なお医者さまだ。日本じゃあなあ、もったいないねえ。
ミツル　しかし、向こうの大学病院の給料はひどすぎる。やっぱり開業資金を作らんと……。
ヘジーナ　でも、マリオは戻らないんだろう。
マリオ　ブラジルはもういいよ。
タツ　マリオは若い。今からでもどんな国にもなじめる。
ヘジーナ　じゃあ、うちの家族、バラバラになっちゃう。あんたたち二人を日本に送りだしてひとりぼっちのご飯。砂を噛むみたいだった。もう、あんなのは絶対いや。
ミツル　親とも子どもともわかれるなんてあんまりじゃないか。
タツ　……十九の歳に、親と別れて満州花嫁になった。……それから戦が亭主を連れてっちまった。日本に戻って新しい家族を作った。その家族も棄てて神戸の港からあるぜんちな丸に乗った……。
ミツル　ママイが、オラを棄てなかったこと、ありがたいと思っているよ。したはんで……。
タツ　おめのほうがかわいかったんじゃねえ。耕作がオラたちと別れる晩、ちっこい雪だるまみてえになっていつまでも手を振ってた夢ばっか見てたさ。したはんで、シベリアの強制労働から帰ってきたじっちゃは、まんず四十前にゃとっても見えなかったさ。ほっとくわけにはいかなかった。

イネスが、「シェゲイ」と帰ってくる。

ミツル　ああ、ご苦労さん。
マリオ　警察は、なんて言ってる。
イネス　ばっちゃが、ちょっとしたいざこざですからって言ってくれたんで、たいした罪にはならねえだろう。
マリオ　ダメだよ。ばっちゃの店を壊した奴らは暴走族だろう。
イネス　落ちこぼれた日本の若者たちは、自分たちの貧しさをブラジルの出稼ぎのせいにしているんさ。
マリオ　オートバイ、買える奴らが貧乏ですかね。
イネス　オートバイは買えるけんど、希望がないんさ。
タツ　（鍬を持って出てくる）今の子どもたちは、かわいそうだね。
イネス　（タツに）ばっちゃ、ちょっと。
タツ　なんだい。
イネス　警察に息子さんがいたよ。
タツ　おらの息子は、そこにおるよ。
イネス　……。
タツ　ええ、耕筰？　なんで耕筰がこの町の警察？
イネス　この町のサラ金から高い利子で借りた金が雪だるまになって、それを催促されて、逆に脅しに行ったってさ。

ミツル　ああ、そりゃあ「イパネマの娘」の開店資金だよ。そういえば、あの日、土地が暴落して、もう俺はスッテンテンだって言ってた。
タツ　それって、サラ金て奴かい？
イネス　ほら、セブン‐イレブンの先の。
タツ　あの二百万、サラ金から借りた金か。馬鹿！　そんな親孝行があるか。（と、ガラス戸を開ける）さあて。
ミツル　ああ、雨、上がったな。
タツ　ありがたいこった。なあ、生きもんは、ちょいと手をかけてやれば、ぐんぐん大きくなる。土とお日さんに感謝、感謝。

タツは、畑に出ていった。
シーロが歌い出した。

私があなたを想う数
山の木の数、星の数
三千世界の人の数
千里浜辺の砂の数

六場

一九九五（平成七）年、三月。
段ボールが積まれている。
マリオと侑子と吉井。

吉井　そりゃあ、またすごい経験したもんだなあ。
侑子　まだ陽が上がらない白黒映画の景色ん中に、文化住宅がつぶれてる。私、もう自分がどこの世界にいるのかわからなかった。
マリオ　あの前の晩さあ。弁当の注文が山ほどあって、二時まで残業だったから、バタンキュー。その寝込みを襲われちまった。
侑子　戸棚が布団の上に乗っかかってきて、目が覚めたの。で、マリオをたたき起こしたの。
マリオ　で、ちょうどアパートの前に転がってた自転車に乗って町に出たんだ。
吉井　そういうのを火事場泥棒っつうんだ。
侑子　日本語ができないブラジル人たちは、避難勧告が出ていることも知らずに、倒れたアパートでブルブル震えてるの。で、火に取り巻かれたら逃げられなくなるよって伝えて回ったの。
吉井　びっくりしたいね。「神戸が大変だって」カミサンにたたき起こされて、テレビ付けたらあっちこっちに黒煙が上がってる。おいおい、マリオたち、あの煙の下にいるんだんべえって、もう大騒ぎだったいね。

コートを着込んだミツルが、ショルダーを持って降りて来る。

ミツル　電話もできなかったんだから仕方ないけど、あん時は心配したぞ。
マリオ　地震の怖さって、あってみないとわからないよ。立っている地面が、ゆれるって、もう歩くこともできないんだ。
ミツル　地震、カミナリ、火事、親爺。親爺からは逃げられたけどねえ。
侑子　二日目っからマリオと私は、みんなの安否を確認するためのポルトガル語のビラを長田区中に貼ってまわったの。
吉井　神戸に日系人、何人ぐらい働いてんだ。
マリオ　六人が死んだ三葉荘だけで二十人住んでたっていうから、五百人以上はいたと思うよ。
ヘジーナ　（半袖シャツを持って降りて来て）ミツル。空港出たら暑いんだから、半袖シャツ、入れとかないと。
ミツル　そうか。（ショルダーに入れる）
マリオ　それから病院に行って、みんなの手を握ってポルトゲースでしゃべってもわかるよって話しかけたんだ。
侑子　五日も経って、ブラジル人五人とその子どもたち三人が家の下敷きになってたって聞いて、みんなで駆けつけたの。
マリオ　二人の娘を失った母親は、空をぼんやり見ているだけなんだ。
ヘジーナ　侑子、社長さんにお茶もお出ししてないのかい。
侑子　いっけねえ。ごめんなさい。（台所へ）
ミツル　その病院からママイに、神戸へ来いってかみさんに電話したわけなんです。
ヘジーナ　この人は「サンパウロに診療所を作る資金作りのほうが大切だ」って大反対。
ミツル　遠くの火事より、背中のお灸ですよ。
マリオ　でも、日本のどこに、ポルトゲースのできる医者がいる？
ヘジーナ　甲子園球場の辺りで電車が進まなくなってね。それから東灘区まで倒れた電信柱を乗り越えたり。
マリオ　神戸に着いてからの、ドットーラ・ナガセの活躍は凄かったよ。
ヘジーナ　一月の神戸はものすごく寒かったけど、日本に来てはじめて愉快な気持ちになれたのよ。ベトナム人とか外国人被災者が避難したのは長田区の鷹取教会だったのね。近くの病院は重傷者で一杯。私は次々に運ばれてくる怪我をした人、火傷の人、足をくじいた人たちの治療に夢中だった。クタクタだったけど、すっごく愉快だったのよ。だってあの大震災ん中で、私を医師法違反で逮捕できる？　日本の医師免許なんか持ってたって、どこが痛いのか聞けなきゃ治療もできないでしょ。
吉井　日本政府は、外国の医師団の救援申し入れを医師免許がないって、断ったって言うからね。

マリオ　かわいそうだったのは、オーバー・ステイしているイラン人たちだよ。保護を求めれば、本国送還だからね。
シーロ　（階段から顔を出して）ヘジーナ。お父が、航空券はどこだって。
ヘジーナ　ったく。机の上にほっぽってあったからしまっときましたよ。（シーロと二階に行く）
吉井　永瀬さん。どうして阿波根さんとアマゾンに行くことになったんです。
ミツル　神戸の震災、わが家の災難。
マリオ　ママイとパパイが喧嘩になって、わが家は震度六の大揺れ。
吉井　アマゾンより、サンパウロに診療所開くほうが儲かるんじゃないんですか。
マリオ　細江静夫って、ブラジルのシュバイツァーがことの始まり。
吉井　シュバイツァー。日系人のお医者さん？
ミツル　いいや、昭和の初めに慶応大学を出た方でね。医学部を卒業した時、自分の生まれた飛騨の山奥のような医者のいないところに行きたいって希望したんです。……一番大きな無医村は、ブラジルの日系移民地だった。それで奥さんと小さな子どもを連れて、アマゾンの原生林のど真ん中に診療所を開いたんです。
マリオ　ママイの父さんは、アマゾン河口のベレンから四百キロも奥まった開拓地で赤痢にかかって、その細江先生に命を助けられたんです。
吉井　ああ、わかった。それでヘジーナさんの親爺さんは彼女を医学部に入れたんだ。
ミツル　東灘区で介護しながら、自分がなぜ医者になったか思い出しやがった。

マリオ （手を挙げて）「アマゾンに、日系人たちのための診療所を開きまーす」。そんで、亭主に「まず、あんたが先に行って準備しとけ」。

ミツル ブラジル女は一度言い出したら、梃子でも動かないから気をつけたほうがいいですよ。

ヘジーナ （降りてきて）ちょっと。じゃ、私が先に行くことになったら、あんたが日本で医療器具の買いつけしてくれるの。

ミツル いえいえ、とても私にはできません。

ヘジーナ （切符を渡して）ちゃんとポケットに入れといて。

ミツル ハイハイ。

吉井 （封筒を出して）これ、少ないが心ばかりの餞別だ。

ミツル ありがとうございます。

吉井 永瀬さん。マリオ君のことなんですが……。

ヘジーナ マリオがまた悪さでもしましたか。

マリオ よせよ、もう。

吉井 わが社に腰を落ち着けてみたらどうだんべえと……。

ミツル はあ。

吉井 日系人は単純労働しかやらせてもらえないと文句を言う。言葉ができねえから教えないだけじゃねえんさ。いつ転職するかわからんからさ。彼が腰を落ちつけてくれんなら、正社員にしてちゃんと厚生年金だって……。

ヘジーナ　日本で熟練工になって給料上がったら……。
ミツル　んだ。日本に永住するってことになる。
吉井　永住して働いてくれんなら、係長になってもらう。
マリオ　カカリチョウ？
吉井　工場に、日系人の心をつかめる人間が必要なんだ。
侑子　（コーヒーを持ってきて）どうぞ。
ヘジーナ　私たちが落ち着いたら、マリオたちも帰るんですよ。
マリオ　いいや、俺たちは帰らないよ。
ヘジーナ　あんた、日本に帰化するつもり？
マリオ　してもいいと思ってる。
ミツル　しかし、そんなことしたら……。
マリオ　考えた。パパイたちはブラジル人に戻る。そして俺たちは……。
ヘジーナ　二人で相談したのかい。
ミツル　はい。
侑子　お義父さま、お義母さま。ごめんなさい！（頭を下げた）

沈黙。吉井、ミツルの肩を叩いた。

マリオ　パパイたち二世は、駄目になった日本人だって言われてきた。俺たちは働き者の日本人になって、駄目になったブラジル人って言われるんだろうな。……さっ、そろそろ、荷物、玄関に出しとこう。

マリオと侑子は荷物を運んだ。

吉井　私が責任持ってお預かりしますから。
ミツル　くれぐれもよろしく。
ヘジーナ　これからも、うんと叱ってやってください。

ヘジーナとミツルは、荷物を玄関に。
二階から義男がくる。

義男　ああ、吉井さん。お世話になりました。
シーロ　（段ボールを持って降りてきて）ちょっと、オトー、勘弁してくれよ。エキセス、オーバーしてんだから。沖縄蕎麦セット、チャンプルーの素、スパム・ランチョンミート。そんなに沖縄料理が恋しいなら、帰んなきゃあいいんだ。
義男　うるさい。

吉井　ブラジルのほうが、やっぱり住みやすいですか？

義男　ヤクシク守らん。仕事はやらん。でも、困ってる弱いもんに優しい。そんなブラジルでわったーヤ、生きヌビテ来ました。

吉井　この国に来た人たちが、ああ、この国で夢が実現できるんだ。そう思えるようにと努力はしてきたんだがなあ……。

義男　ありがとう。でも私らは年寄りで、もうそんなに先がない。人生の最後ヌ時ヤ、日本で惨めな思いをするより、ブラジルに帰って、ピンガ飲んでゆっくり暮らしたほうがマシャカと。

吉井　気候も、沖縄に似ているからね。

義男　（荷物を持って）ブラジルでは、ずっと「死ぬなら日本で」と思っていました。でも、今回、日本で生活してみて、私の知っていた日本がもうないんだってわかたんよ。わったーや、ウヤから「金は汚れている。金銭への執着するなあみっともねえらんティ」ならわさってきた。ところが今じゃあ金の亡者だらけで、土地だあ株だあてと大騒ぎ。日本中の農地つぶしていい気になっとる。

そこへ、「そろそろご出発だんべ」イネス。

イネス　（義男に）これ、沖縄料理のレシピ。お嫁さんに。

義男　いやあ、ポルトゲースだ。いろいろお世話にないりーしたが、やっぱり帰ります。

イネス　英語のイミグレーションもポルトガル語のイミグラサォンも、渡り鳥って意味なんさ。渡り鳥は必ず故郷に帰っていく。
シーロ　移民は渡り鳥ですか。
タツの声　このボンズナシ、なにやってる。おめは餓鬼の頃からノロマだったよ。

耕筰、段ボールを担いで入ってくる。

イネス　耕筰さん、大変だね。
タツ　（追って出て）「アートマン」には行ったのか。
耕筰　聖蹟桜ヶ丘までやっこら行って、リングイッサ仕入れに「ラテン大和」回れば、この時間になるさ。
義男　（耕筰に）お店のこと、よろしくウニゲー（お願い）します。
耕筰　まかせてください。
タツ　偉そうに。サラ金なんかで金借りやがって。母っちゃが拾ってやんなきゃあ、今頃は上野公園で野宿しとるとこだ。今月分のお給金。
耕筰　（受け取って）ありがとうございます。
吉井　商売、繁盛のようだね。
耕筰　リングイッサ、いくら仕入れても、たちまち売り切れさ。

吉井　なあ、タツさん。
タツ　はい。
吉井　「イパネマの娘」、大きくしてみねえか。太田や前橋、この一帯に日系人が散らばっている。ブラジルから直接輸入して車で運べば、かなりな商売になる。
耕筰　そりゃいい。日系人は二十五万人を超えてるんだから。
吉井　そう。年間五百億円の市場があるんだよ。
タツ　おらはこの町にブラジル人の……なんつうかオアシスが作りたかっただけで……。これ以上商売広げたら、そこの畑は誰がやるんですか。
吉井　あのなあ、あんたの商売の成功に目を付けてどこかの資本がかならず進出してくる。廉価販売をぶちかまされたら、あんな店、ひとたまりもないよ。
タツ　つぶれたら、そん時はそん時。次はフィリピンあたりはどうかね。
ヘジーナ　（出てきて）ええ、フィリピン。
タツ　ほれ、耕筰。仕事、仕事。

タツは、段ボールを持って玄関に去る。
そこへ、ミツルとヘジーナ。

吉井　元気だなあ。ブラジルに三十年も住むと、みんなブラジル人になっちまうんだな。

イネス　社長。日本人の平均年収は六百万円だよ。世界で最も裕福な一％なんだがね。その日本で、年間三万人の自殺者がでてる。自殺者の数、日本の十分の一の所得しかないブラジルの五倍さね。

義男　働き過ぎの過労死だって何千人もいる。

吉井　そんなのは当たり前だんべえ。俺なんざ、昨日、ションベンに血が混じってた。そんでも、工場に出てんのよう。

ヘジーナ　吉井さん。お小水に血が混じってるなら、病院に行ってください。

吉井　そんな暇は俺にはないんさ。俺がいなきゃあ、工場のラインが止まっちまう。……なあに、先週、ちょっと忙しかったからさ。

ヘジーナ　社長。血尿は膀胱癌、前立腺癌の可能性があるんですよ。

吉井　いいかい。うちの工場のラインが止まれば親会社のラインも止まっちまうんだ。

イネス　社長。この七年、あんたを見とって、ああこういう人たちが日本の産業を底辺から支えているんだ。そう思ったんさ。でも社長。自分の人生を楽しんでますか？

吉井　社会学の先生か知んらが評論家は黙っとれ！　会社はもう二十か月も赤字が続いてんだ。銀行は貸し渋るから資金繰りの毎日だ。だがね、俺たち経営者が仕事をさぼって人生楽しんだら、会社が倒産しちまう。この町に五千人いる日系人はどうなるんだ。そいつらの家族が路頭に迷う姿が目に浮かぶ。それを考えると夜も寝られねえんさ。今日も成田にゃ、サンパウロの斡旋会社にうまいこと言われた日系人が続々と到着してる。明日からまた新入りたちの不満が工場ん中に渦巻く。そりゃあ狂ってるさ。世界中の企業が価格競争してるから、労働現場は地獄だ。じゃ、どうやってこの馬鹿馬鹿しい競争を止められる。いっそ、地下鉄にサリンを撒きてえぐらいだいね。

イネスの電話が鳴った。

イネス　（電話に）はい。雇用促進協議会。……。ええ！　わかった。すぐ、行くよ。（電話を切る）

吉井　また、なんかやらかしたか。

イネス　ジョナサンがスーパーで万引きして警察に捕まったんさ。

吉井　また、あいつか。

イネス　それで、警官に賄賂を渡そうとして、逆に怒らせちまった。

吉井　ここはブラジルじゃねえって教えてやれ。

イネス、コートを着て出ていった。

そこへ、謝花「寒い、寒い」と入ってくる。

謝花　成田、七時に着けばよかったね。

吉井　だから四時には出る。

謝花　前に止めてありますから、車に荷物積んでください。

シーロ　すみません。オトー、行くよ。

義男とシーロは荷物を持って出ていく。

謝花　阿波根さんはあれでいい身分なんだよ。米軍基地に取られた土地代を百万、政府からもらっているんだ。ブラジルで一万ドルあれば、楽に暮らせるさあ。

吉井　そうか。若いうちに日本で稼いで、老後はブラジルって手があるんだね。

ヘジーナ　社長もそろそろ引退して、ブラジルにいらっしゃれば。

吉井　行っちゃおうかな。向こうでヘジーナさんみたいなベッピンな嫁さん見つけて。

マリオ　（侑子と戻ってきて）阿波根さん、玄関で泣いてた。

謝花　沖縄ではとうに廃れたウチナー口《ぐち》が、ブラジルの日系コロニアには残ってる。人情だって残ってる。

ミツル　おらだちは、一生、二つの故郷に引き裂かれるんだよ。

マリオ　ばっちゃ、正月に、下北に里帰りしたって？

タツ　行かねばいがったよ。

マリオ　どうして。

タツ　下北をあんな芥溜めにしていいんだかなあ。

マリオ　芥溜め。

耕筰　どごでもゴミ処理場をつぐるってへば、どごさ行っても、反対運動が起ごるべな。日本中の町が移転ばいやがる米軍基地と、石油備蓄基地と、核廃棄物処理施設、原子力船ムツの母港。もう、日本の芥溜めだ。

タツ　日照りの夏はみんなして雨ば待ってて、葬式の時はみんなして泣いで、婚礼の時は隣近所でごちそうば持ぢ寄ったあの上弥栄はどごさ行ってまった。

耕筰　ああ、もうおらも帰るところがなくなってしまった。

吉井　なら、ミツルさんたちとブラジルへ行けばいいべ。

ミツル　耕筰、母ちゃば、頼んだぞ。

耕筰　これまで三十年はミツルが見てくれたはんで。（出ていく）

吉井　おお、時間だ。（大声で）パスポートと航空券をもう一度、確認してくれよ。

ミツル　はい。

シーロと義男が、玄関から入って来る。

義男　五年の間だ、みなさんお世話になりました。

謝花　阿波根さん。元気で帰って日本て国はいいところだって言ってくださいよ。

義男　（笑って）はい。そう言うことにしましょう。

タツ　トメ・アスーの人たちさ、よろしぐ。

シーロ　父さん、気をつけて。兄さんたちにもよろしく。

義男　お前、いい嫁さん見ちけろよ。マリオみたいに。（吉井と出ていく）
ミツル　じゃ、母ちゃ。チャオ。
タツ　チャオ、へば、まだ会うびゃし。

ヘジーナとミツル、出ていく。
シーロ、「パパイ！」と、玄関に行く。

マリオ　ばっちゃん。館林の高速の入り口まで行こうよ。
タツ　そうせば成田まで送ろうってことになる。
マリオ　なら、成田まで行こう。
タツ　ここで別れても成田で別れても同じだわ。行きたければ、お行き。
マリオ　俺はいつでも行けるが……。
タツ　んだ。ミツルとは、これっきりになるかもしれねえね。
マリオ　だから……。
タツ　ほれ。

車が発進する。
マリオ、駆け出す。

空っ風が吹き付ける。
マリオ、戻ってくる。

マリオ　ああ、そうだ。ばっちゃ、神戸の「移民収容所」に寄ってきたよ。

タツ　ああ、トアロードの突き当たりな。じっちゃとミツルと神戸から船に乗ったのが……ああ、三十三年にもなるか。

マリオ　日本中の農村から耕す土地を持たない百姓何十万人が、あの収容所から南米に旅立っていったんだね。

タツ　おらだちはあそこで一週間、ポルトガル語を教わったけんど、二か月船に乗っている間にスカーッと忘れた。覚えてんのは、あるぜんちな丸で石原裕次郎の映画ば見せていただいたことかね。（写真を見て）三郎じっちゃ、あんたの孫は神戸の収容所に行って来ました。覚えていますか。五階の窓から霧ん中に港が見えて……。この海の先にほんとに天国があるんかしらって……。

マリオ　（広告を出して）これ、崩れたアパートの下から出てきたんだ。ポルトガル語の住宅情報誌。サンパウロのこの家を手に入れるために、長田区の弁当工場で働いていたんだ。たった一キロ先は、彼らの両親たちが旅だった神戸港があるところで死んじまった。

イネス、戻ってくる。

イネス　あら、もう行っちゃったの。
マリオ　うん、立った今。
謝花　（やってきて）イネス。今日成田に着くの八人だっけ。
イネス　アパートの石油ストーブに石油入れときました。みんな日本の冬にびっくらすんだんべ。
マリオ　生まれた国に育って来た俺たちには、見ず知らずの国に出ていった移民一世たちの勇気がなかなかわかんないよ。
謝花　勇気と言うより、貧しさがそうさせたんよ。
イネス　じゃあ。

イネスと謝花、去っていく。
シーロと侑子、帰ってくる。

シーロ　馬鹿だよ。帰ったって、嫁さん、沖縄料理なんて作ってくれないのに。
侑子　かわいそう。阿波根さん。
タツ　マリオ、地球がなぜ丸いか、知っとるか。
マリオ　Por que a terra é redonda?（なぜ、地球は丸いか?）
タツ　おらたちの住む地面が平らだったら、私らが歩いていく人生の行き先が見えよう。地球が丸いからわしらは、その道がどこに向かってるのが知らずに歩いて行けるんだって。

マリオ　地球の裏側のブラジルは見えないから行けた。そうだったんだ。
シーロ　今もこの地球のあっちこっちで、自分の国に棄てられた何億の人たちが……、子どもの手をひいて……あてどもなく、歩いとるんだ。

シーロ、ギターを弾き出した。
ヘジーナ、戻ってくる。

ヘジーナ　モンゴロイドは一万五千年前、ベーリング海峡を渡ってアメリカ大陸に移り住んだ。人間は海の向こうにゃかならずもっといいところがあるって信じて、旅を続けてきたのよねえ。
マリオ　神戸の収容所でじっちゃんたちに帽子を取って挨拶したい気持ちになった。「ミナサン、ヨク、ガンバリマシタ」って。おい、シーロ、外国で挫けそうになったときは、俺たちの親爺がやったように強いふりをしよう。
タツ　この世界のどっかにわしらが住める場所はきっとある、そう思えないか。なあ、じっちゃ。

ボサノバが続いた。

あとがき

南米日系人の日本への出稼ぎというテーマに興味を持ったのは、つい最近のことだ。

二〇〇三年、日本劇作家協会は史上初のインターネットによる戯曲講座を始めた。

初年度、北海道から屋久島、はたまた遠くブラジルから、百人ほどの受講生が集まった。

サンパウロからアクセスされたのは、戦後にブラジルに渡り、現在はリタイアされて悠々自適の生活をされている僕と同世代の中村茂さんだった。

中村さんが戯曲のテーマに選ばれたのは、江戸時代の相撲取りたちの人情話だった。

僕は中村さんに「ブラジルにお住みになって、たくさんの日系人移民たちの苦難も知っておられると思います。今、日本にはたくさんの日系人たちが出稼ぎに来ています。その人々を題材に戯曲をお書きになったら、日本の観客にも興味の持てる芝居になると思います」とメールを送った。

すると「日系人出稼ぎの問題はあまりに身近で、自分の中に雑多なエピソードが山積していて、とても一幕物のプロットにまとめられない」という返事が届いた。

それで僕は図書館に足を運び、現在のブラジルの日系人と出稼ぎたちについてのドキュメントを片っ端から読んだ。そして、サンパウロのアジア人街の食堂に、日本に出稼ぎに行くために立ち寄った青年と、行かせまいとして奥地から追いかけてきた祖母との確執、それに金満国日本からやって来た気軽なバック・パッカーをからめた一幕物のプロットを作ってお送りした。

中村さんは、日本への出稼ぎは日系人たちが一世紀に渡って営々と築いてきた日系人の共同体を破壊してしまうから、若い者が日本に行くことには絶対反対という立場だった。

それに対し、年率一〇〇〇%というインフレの中で、出稼ぎに行かざるを得ない日系人がいる事実に立脚して書くべきだと僕は考えた。

二年間日本で働くと、ブラジルで十年働いた金が残るとすれば、誰だって出稼ぎを決意する。中村さんと論議を続けていく中で、僕は二十七万人を越す「日系人出稼ぎ」は、日本の近代史の貴重な足跡だと思うようになった。

日露戦争で日本軍が戦利品として接収した笠戸丸によるブラジル移民は、戦争終結の三年後の一九〇八年に始まり、戦前に二千四百四十八人の日本人を南米に運んだ。

日露戦争の国家予算の三倍という膨大な軍事費は、生糸の生産と農民の年貢の金納によって支払われた。農家は次三男を養う力を失い、都市部の失業者がこれ以上増えると暴動が起きると、日本政府は自国民をブラジルや満州に棄てた。

満州事変に始まる十五年戦争に敗れ、山ばかりで耕地の少ない日本に、満州やサイパンなどから百万人が還ってきた。耕す畑を持たない彼らは、日本全国の耕作地として不向きな千葉県の三里塚や青森県六ヶ所村など、天皇陛下の御料地に入植させられた。

もちろんそれでも耕地が足りないから、戦後の南米移民が始まった。

岩槻恭雄「外務省が消した日本人」などを読むと、いかに日本国が自国民を入植が困難な地球の向こう側の荒れ地に棄てたかがわかる。

一九六〇年代の高度成長期に移民政策は終わるが、農地がないからと南米各地に移民を送ってきた日本が、今度は日本各地の農地をつぶして工場を建て、その下請け工場にデカセギたちがやって来ている。

サンパウロで、中村さんの「デカセギを日本に送る」一幕が完成したとき、僕は日本で「デカセギを迎える日本人」の芝居を書こうと思った。

日系人という「異物」を見つめることは、外から自分たちを見つめることでもある。

深沢正雪さんの「パラレル・ワールド」。大宮知信さんの「デカセーギ」。藤崎康夫さんの「出稼ぎ日系外国人労働者」を読むと、自動車や電化製品の国際競争力を持つために賃金の安い外国人労働者を雇いたい大企業が政府を動かして、入管法の改正を仕組んだかがわかる。

入管法の改正によって、日系人とその家族が特権を持った背後で、日本デカセギの開拓者であったイラン人やバングラディッシュ人労働者の不法滞在が、やり玉に挙がるようになった。

そんなわけで、バブルがはじける寸前、昭和天皇が崩御した一九八九年から、阪神大震災の起こった一九九五年の群馬県の一小都市を舞台に、「一民族だと信じている」日本人と、「断腸の思いで日本人であることをやめた」日系ブラジル人の相克を書くことにした。

そんなわけで、俳優たちは稽古場で、役作りと平行してポルトガル語と津軽弁と琉球方言と群馬弁を学ぶことになった。ポルトガル語は、日系三世のアンジェロ・イシさんに、津軽弁は弘前劇場の長谷川孝治さんに、琉球方言は燐光群の坂手洋二夫人勝子さんにお世話になった。みなさんに台詞を直していただいたものの、移民たちがブラジルに渡った頃の津軽弁やウチナーグチは、ほとんど「外国語」だから、稽古場でかなり「標準語」に戻さざるを得なかった。また、人口の四分の一、五千人の日系人が住む大泉町の方々から、サンバ・カーニバルの楽器をお借りしたりお世話になった。

二〇〇六年七月二十一日、小泉首相は嶽釜徹・ドミニカ日系人協会長ら原告関係者と面会し、「入植先の事前調査や情報提供が適切に行われなかった」「多大な苦労をかけたことについて政府としては率直に反省し、おわび申し上げます」と政治判断による半世紀遅れの謝罪をした。

だが、これに先立つ六月七日の地裁判決では、国側が勝訴しており、塗炭の苦しみをしたブラジルやペルーなどへ棄てられた移民たちが国を相手取って提訴しても、彼らが勝つことはないだろう。

おそらく日本は、これからも数十万の外国人労働者を必要とするだろう。受け入れれば、トラブルや犯罪も増える。しかし、世界でもっともピースフルなこの島国は、政治亡命者にも堅く門戸を閉ざして安全を確保しているのであり、それは「異質を排除する」温室の中の住みやすさなのだ。

上演記録

一九〇四年二月十七日～二十九日
紀伊國屋サザンシアター

■スタッフ

演出　木村　光一
装置　横田あつみ
照明　室伏　生大
音楽　日高　哲英
衣装　宮本　宣子
効果　斎藤美佐男
振付　室町あかね
舞台監督　三上　司
演出助手　浅沼　一彦
制作　渡辺　江美

■キャスト

長瀬タツ　渡辺美佐子
ミツル・ナガセ　武正　忠明
ヘジーナ・ナガセ　順　みつき
マリオ・ナガセ　佐川　和正
早坂侑子　高安　智美
上村耕脺　田中壮太郎
謝花紘一　鈴木　慎平
阿波根義男　飯田　和平
シーロ・アワゴン　沢田　冬樹
イネス　日下　由美
吉井眞一　花王おさむ

世紀末のカーニバル

2006年10月25日　第1刷発行

定　価　本体1500円+税
著　者　斉藤憐
発行者　宮永捷
発行所　有限会社而立書房
東京都千代田区猿楽町2丁目4番2号
電話　03(3291)5589／FAX03(3292)8782
振替　00190-7-174567
印　刷　株式会社スキルプリネット
製　本　有限会社岩佐製本

落丁・乱丁本はおとりかえいたします。

ISBN4-88059-324-9　C0074
装幀・神田昇和